COBALT-SERIES

橘屋本店閻魔帳

恋の記憶は盗まれて!

高山ちあき

集英社

橘屋本店閻魔帳

恋の記憶は盗まれて！

Contents

弘《ひろ》人《と》
橋屋本店の息子で、現在は美咲の家の離れに暮らしている。
妖怪の世界である裏町では美咲と式を挙げ、婿入りしたのだが…？
美《み》咲《さき》
コンビニチェーン・橘屋の酉ノ分店の跡取り娘。
母は人間だが、亡き父は妖狐。
登場人物紹介

佳鷹《よしたか》
橘屋の子ノ分店の店員。
雪妖。
椿《つばき》
極道の一派、天地紅組の組頭。
劫《めぐる》
酉の分店でバイトしている
妖狐の少年。
那智《なち》
子ノ分店の店員。雪妖。

イラスト／くまの柚子

橘屋本店閻魔帳
恋の記憶は盗まれて！

のれんの色が変わるとき、
奥の襖《ふすま》は隠《かく》り世《よ》へと繋《つな》がり、
見えざる棚《たな》には妖怪向けの品々が並ぶ。
店の名は橘屋《たちばなや》。
獣《けもの》の妖怪を店主に据《す》えて、
現《うつ》し世《よ》に棲《す》まう妖怪たちの素行を見張る。

序章

「ぬしのもっとも愛する男はだれじゃ。思い浮かべてみよ」

白い水干《すいかん》姿の、右頬《みぎほお》に傷のある女が美咲《みさき》に迫っていた。

結いあげた髪はほのかに青みを帯びた白金、透けるように白い肌、冷涼《れいりょう》な灰色の瞳《ひとみ》。ひと目で妖怪なのだとわかった。

床は雪で埋め尽くされ、天井《てんじょう》からはつららがさがっていた。いたるところにびっしりと霜《しも》がおりて、そこが自分の部屋だとは、とうてい思えなかった。

もっとも愛する男はだれか。女は金縛《かなしば》りの法で美咲の身の自由を奪い、通りの良い低めの声でそう問うた。

美咲は気を呑《の》まれ、声も出せない状態のまま、凍《こご》える体でただ女を見つめ返した。

愛する男と訊《き》かれて思い浮かぶ相手はひとりしかいない。

寒さに凍える美咲の頭の中に、おぼろげにその男の姿かたちが浮かびあがると、女の濃紫《こむらさき》色《いろ》の紅《べに》をひいた薄い唇《くちびる》がにいっとゆがんだ。

「その者との記憶は、わっちがすべて貰《もら》い受ける」

女は美咲の額《ひたい》に手をかざした。

見えない触手《しょくしゅ》が脳髄《のうずい》にのびて、頭のどこかにきんと冷えた感覚をもたらす。

冷たすぎて、痛い。氷をじかに押しつけられているかのような鋭い痛みだ。

痛い、痛い、やめて。

女が手をひくのと同時に、なにかが自分の中から抜け落ちてゆく感じがして視界が暗転し、
美咲はその場に崩れた。

女の頰の傷と、灰色で深い、氷のように凍《い》てついた瞳だけがしっかりと脳裏《のうり》に焼きついた。

第一章　失くしたものは

1

ぽたり、ぽたりと頬《ほお》をうつ水滴の感覚に、美咲《みさき》ははっと目を覚ました。

カーテンの隙間《すきま》からさし込むやわらかな光が、夜の明けたことを告げている。

「あれ、あたし……なんでこんなところに寝てるの……？」

ベッドではなく絨毯《じゅうたん》の上で寝ていることに気づき、美咲は半身を起こした。体がひんやりと冷たかった。髪もパジャマも、それから寝転がっていた場所もぐっしょりと水を含んで濡《ぬ》れている。

「なにこれ、べたべたの水浸《みずびた》しじゃない」

部屋を見まわしてみると、天井《てんじょう》からはぽたぽたと水がしたたり、家具やベッドなども水に濡れて湿っているので仰天《ぎょうてん》した。

初夏とはいえ、全身ずぶ濡れなのはさすがにこたえて、くしゃみがひとつ出た。そのひょうしに、ゆうべなにが起きたのか、ぼんやりと記憶がよみがえってきた。

「女がいたわ」

そう、女がいた。顔に傷のある和装の美しい女だった。なにかを自分に話しかけながら、頭に手をのばしてきたのだ。

それからほかになにか思い出そうと首をひねるのだが、奇妙なことになにも出てこない。

(おかしいわ……)

部屋がこんな状態なのだからあれが夢であったはずがない。にもかかわらず、それに至《いた》る過程がさっぱり思い出せないのである。

あとに水を残していったということは、あの女は水棲《すいせい》の妖怪だろうか。いったいどういうつもりでこんな仕打ちをしたのだろう。

冷たい頰を拭《ぬぐ》い、濡れそぼった髪をまとめながら、美咲はよろよろと立ちあがる。

今朝は母が夜勤あけの朝帰りだから朝食は美咲の当番なのだが、その前にこの水浸しの部屋をなんとかせねばならない。

美咲はひとまず濡れたパジャマを脱いで着替えをはじめた。


「もう、迷惑な妖怪ったらないわ」

美咲が階下におりて、部屋の水を拭《ふ》きとるために納戸《なんど》からバケツや雑巾《ぞうきん》をガタガタと取り出しているときのことだった。

「おはよう」

背後から聞きなれない男の声がして、振り返った。

浴衣《ゆかた》を着た、目鼻立ちのすっきりと整った美男子がそばに立っている。

「なにしてんの」

男は納戸のほうをのぞき込むようにして不思議そうに問う。

「は？　あの……」

とつぜん見目のよい若い男が家の中にあらわれたことに驚き、美咲は絶句した。

「朝飯はまだか？」

「え、ちょっと、あの……、どちら様ですか？」

なぜ図々しく朝食までせがんでくるのか戸惑《とまど》いつつもたずねる。

「弘人《ひろと》様だけど」

「どちらの弘人様ですか？」

「なに言ってんの、おまえ。寝ぼけてんのか」

「おまえ？」

見知らぬ男にいきなりおまえ呼ばわりされて、美咲はたじろいだ。

「どうしたんだ、熱でもあるんじゃないのか」

男はそう言って心配そうに美咲の額《ひたい》に手をあててくる。

「ありません」

美咲は男のなれなれしい行為にどきりとして、思わずその手を払いのけた。

「なんかヘンな物でも食ったか？」

「いいえ。……わかったわ。妖怪のお客さんね。あなたはなんの妖怪なの？　もしかして水棲の妖怪？」

妖怪の客は常識というものがないので、こうしていきなり家にあがってくることもめずらしくはない。部屋を水浸しにしたのは、もしやこの男なのではないか、と美咲が疑いの目をむけると、

「鵺《ぬえ》だろ」

男は美咲の態度が腑《ふ》に落ちぬようすで答える。

「ふうん。鵺は雷属性《かみなりぞくせい》の妖怪だから水とはあまりかかわりがないわね。それでなんの用？　あたし、今朝はちょっと忙しいんだけど、なにか事件？」

美咲がいそいそと掃除道具を支度《したく》しながら問い返すと、男は美咲の挙動を不審げに眺めながら答えた。

「ああ、事件だ。大事件だな。嫁の頭がおかしくなった」

「ええっ、お嫁さんの頭が？　それは大変じゃない。というか、あなた若いのにもう結婚してるのね」

納戸を閉めながら、美咲は内心、ちっと舌打ちしながら返す。ちょっといい男だと思ったら。

「…………」

それきり男は黙り込み、ふたりのあいだには意味不明の間延びした沈黙が落ちた。そこへ、

「おや、婿殿《むこどの》。おはようございます」

奥の座敷から起床《きしょう》してきたらしい作務衣《さむえ》姿のハツが言った。

「婿殿ってだれのなの？」

美咲がきょとんとして問う。

「おまえさんに決まっとろうが」

「は？　なに言ってるの、おばあちゃん。あたしがいつ結婚したっていうのよ。まだ高校生なのよ。しかもこの人とは初対面よ？」

美咲はその言葉に面食《めんく》らって、ハツと男の顔をかわるがわる見る。このふたりはどうやら知りあいらしい。

「初対面なわけがなかろうて。この方はつい昨日の夜、裏町で祝言《しゅうげん》をあげて結ばれた愛《いと》しき夫ではないか」

「愛しき夫？」

ハツの突拍子《とっぴょうし》もない発言に美咲は目を剝《む》いた。なんの冗談のつもりだろう。朝から妙なことばかり起きて、頭がついてこない。

「まさか記憶がないのか？　おまえ、自分の住所と名前と生年月日を言ってみろ」

美咲の態度をいぶかしみつつ、男が言った。

美咲は言われたとおりにさらさらと答えた。

「じゃあ、おまえんとこの店の名前は？」

店の名──美咲の家は橘屋《たちばなや》という和風のコンビニチェーンを営んでいる。全国にある橘屋のうち、夕刻になるとのれんの色が変わる十三店舗《てんぽ》（本店も含む）は、店の奥の襖《ふすま》が隠《かく》り世《よ》──この世の裏側にある妖怪たちの棲《す》む世界、または裏町ともいう──と繋《つな》がっており、夜時間には店の奥の、人には見えない棚《たな》に妖怪向けの商品がならぶ。また、それらの店舗の主は、本店の鵺を筆頭《ひっとう》に代々破魔《はま》の力をもった獣型《けものがた》の妖怪で、ふたつの世界を行き来する妖怪たちの悪行《あくぎょう》を取り締まる裏稼業《うらかぎょう》も担《にな》っている。

美咲の家は裏町の関東一帯を取り仕切る酉《とり》ノ分店《ぶんてん》だ。それにもすんなり答えられた。

「なら、おれの名前は？」

「ええと……」

美咲は答えが思い浮かばず急に言葉につまった。この人、だれだっけ？

「忘れておるのは弘人殿のことだけ、ということでよろしいですかな？」

ハツが眉根《まゆね》をよせたむずかしい顔をして男──弘人というらしい──に囁《ささや》く。

「……みたいですね。変だな。ゆうべまではまともだったのに」

弘人は納得のゆかぬ調子でつぶやく。結婚したというハツの主張に対して、否定や反論をする気配はまったくない。ということは、ハツの言っていることはほんとうなのだろうか。

美咲はちらと弘人の顔を見る。切れ長の涼やかな目と目があいかけて、あわててそらす。

（あたしがこの人と夫婦で、その記憶をなくした……？）

にわかにはうけ入れがたい事実に、胸がさざめく。それから美咲は、はっと部屋が水浸しなのを思い出した。

「ねえ、それよりあたしの部屋も大変なことになったのよ、おばあちゃん」

「なんじゃ」

「水浸しなの。はっきりとは思い出せないんだけど、ゆうべ、あたしの部屋に妖怪がいたのよ。顔に傷のある女だった。あの人が部屋をあんなふうにしていったんだと思う」

「女？」

弘人がけげんな顔で問う。

「ええ。あなたについての記憶も、もしかしたらその妖怪が……」

自分から記憶が抜けているという自覚はないが、目の前のふたりの反応からするとどうやらほんとうのことらしい。となると、昨夜起きた出来事が原因としか考えられない。

「水ということは、水妖《すいよう》の仕業《しわざ》と考えられますな。しかしなにゆえに……」

ハツは顎《あご》に手をやって考え込む。美咲も気にはなるが、酉ノ区界ではここ最近、水妖にかかわる事件は起きていないので見当のつけようもない。

　三人はひとまず二階にあがって部屋を片づけはじめたが、初対面の男が自分の部屋にいて自分のものに触れているのが、美咲はどうにも落ち着かなかった。昨日、自分がその男と結婚したなんてとても信じられない。かといって出ていってくれと言うのもためらわれて、美咲はなんとも居心地の悪い思いで雑巾をしぼらねばならないのだった。


　その日は、すこし遅刻して登校した。

　不思議なことに、学校の人間関係や勉強に関する記憶にはなんらの支障《ししょう》もなかった。

　授業もうわのそらでゆうべのことを考えたけれど、きんと冷たいような痛みがこめかみに走るだけで状況は思い出せない。はっきりしたことはただひとつ、今朝のあの男の記憶だけがきれいに頭から抜け落ちているらしいということだけだ。

　過去に起きた事件に関しても、おそらく彼がかかわっていた部分に関しては靄《もや》がかかったように思い出せない。たしかにそこにだれかいないと出来事のつじつまがあわないのに、どうしても美咲の思い出の中に、彼という男は存在していないのだった。

　パズルの一部を欠いているような、釈然《しゃくぜん》としない心地のまま一日を終えて帰宅すると、

「ただいま。あれ、おばあちゃんどこ行くの？」

　夕方だというのに、ハツが出かける様子だったので美咲は引きとめてたずねた。

「今夜は裏町で囲碁《いご》仲間と打ちっぱなしパーチーじゃ。朝まで帰らん」

「ええっ！　朝までって……今週はお母さんもずっと夜勤で家をあけるのよ」

「それがなんじゃ。弘人殿がおるではないか」

「そ、その弘人殿が危ないんじゃないの」

美咲は弱々しく返した。年の近い男といきなりひとつ屋根の下でふたりきりになるなんて。学校にいるあいだもずっと気になっていた。家に帰れば、あの彼とまた顔をあわせることになる。むこうはこっちを知っているふうなのに、こっちはむこうのことがなにもわからない。なんとなく不利な立場におかれるような気がしていやだった。

「夫の要求に応《こた》え、ご奉仕《ほうし》するのも立派な妻の務めじゃ。頑張んな」

「頑張んなって、なに言ってるのよ。あたしはあの人と結婚したおぼえなんてまったくないの。初対面なのよ」

今朝知りあったばかりの男を相手に操《みさお》をたてろというのか。美咲は赤くなりつつも、とても状況を受け入れることができそうになくて渋面《じゅうめん》をつくる。

「一晩一緒にすごせばなにもかも思い出すだろうよ。そうすれば犯人を捜す必要もなくなる」

ハツは期待を込めた顔で言うと、焦《あせ》る美咲をがははと笑い飛ばして家を出ていってしまった。

2

日が落ちて、店先ののれんが生暖《なまあたた》かい夜風になびく。

午後七時を過ぎても、弘人《ひろと》は家に戻らなかった。

出勤前の母・ゆりと夕食をとりながら聞いた話によると、彼は本店の息子で実体は鵺《ぬえ》。ふだんは美咲《みさき》とおなじで現《うつ》し世《よ》暮らしをしている学生なのだという。ハツの、酉《とり》ノ分店《ぶんてん》存続のための企《たく》みによってふたりがくっつけられた経緯《いきさつ》も、おもしろおかしく聞かされた。

ゆりを仕事に送り出してから、美咲はひとり、二階の自室にこもって学校の宿題をやりはじめた。

しんと静まり返った夜。開け放った窓から、濃い緑の香りをはらんだ初夏の生ぬるい風がカーテンをゆらしてゆるゆると入ってくる。

ゆりもハツもいないときはいつもこうだ。ときどき店員がお喋《しゃべ》りに来たりすることもあるけれど、ひとりで過ごすのはめずらしいことではない。ここにあの男が一緒に住んでいたなんて、どうしても考えられない。

苦手な数学に頭をつかうのに飽きてきて、美咲は机に突《つ》っ伏《ぷ》して深いため息をついた。

頭のどこかでずっと弘人のことを考えている。思い出せるのなら思い出してみたいという好奇心がある一方で、この時点でなんの情もわかない相手を、自分は果たしてどれほど想《おも》っていたのかという疑問が浮かんでいた。

それからしばらくうとうとしたらしく、階下からする物音に気づいて、美咲ははっと顔をあげた。

「寝ちゃったんだ……」

勉強中に気を抜くと、いつもついうたた寝してしまう。

一階のダイニングに行くと、いつのまにか弘人が帰ってきていて、しっかり風呂《ふろ》まで入り終えているから驚いた。

「ただいま」

浴衣《ゆかた》姿に半乾きの髪の弘人が、冷蔵庫からミネラルウォーターを取り出しながら、さっぱりとした顔で言った。居間の時計を見ると、十時をまわっている。

「帰ってたの？　夕ご飯は？」

美咲はたずねながらも、見慣れない男の湯上がり姿にどきりとしてさりげなく目をそらす。

育ちのよさそうな容貌《ようぼう》をしてはいるが、どこか艶《つや》めいたところのある男だ。玄関で口づけを交《か》わしているのを見たことがあるというゆりの話がなぜかこんなときに脳裏《のうり》にまたたいて、美咲は急に落ち着きをなくす。

「ああ、ごめん。毎週木曜は連れと集まりがあるから、外ですませてくることになってるんだ。

「……覚えてないんだな」

弘人はミネラルウォーターを飲みながら言う。

「連れとの集まりって、どんな？」

弘人のうちとけた感じの態度のおかげで、美咲はつい興味のままにたずねていた。

「寿司《すし》サークル」

弘人は端的に答えた。

「変わった名前ね。なにをする集まりなの？」

「みんなで寿司を食う集まりだ」

「へえ」

「回ってない寿司限定なんだ」

「そうなんだ」

「ついでに女子は可愛《かわい》い子限定なんだ」

「なんかいちいちむかつくサークルね。要するに金もちの男が可愛い女の子をナンパする出会い系サークルってことよね」

こっちは記憶喪失《そうしつ》で悩んでいるというのに、呑気《のんき》に外遊びしてくるとは。いろいろと気を揉《も》んでバカみたいだと思いながら、美咲は手をつけていない冷めた夕食を片づけはじめる。

「で、なにか思い出したか？　おれのこと」

弘人は空《から》になったペットボトルをゴミ箱に捨ててからたずねてくる。

「それがなにも……」

美咲は言いにくそうにぼそりと答える。

「そうなのか。犯人の割りだしを急いだほうがよさそうだな。なにか目的があって仕掛けてきたに決まってるから」

湯上がりの弘人からは清潔な石鹼《せっけん》の香りがする。美咲はそれに惹《ひ》かれるように弘人を見た。

外見に関して言えば申し分のない男だ。自分以外に、もっとふさわしい女がいるのではないかと思ってしまうし、実際この男と自分が結婚式をすませたと言われてもいまいち像を結ばない。

「あたしたちって、ほんとうに夫婦になるほどの間柄《あいだがら》だったの？」

疑問が拭《ぬぐ》いきれず、ゆりにしたのとおなじ質問をしてみる。

「さあ。おれはおまえを嫁にしたいと思ってしたが、おまえがどうだったのかはおまえじゃないからわからない」

もっともな意見である。

「でも、お互い同意した上でのことだったのよね」

「そうだな。天狗《てんぐ》の郷《さと》で一緒に酒を飲んだ。おまえの白無垢《しろむく》姿、きれいだったよ」

弘人が、ほんのすこし夢見るように優しげに目を細めて言う。

美咲は、きれいと言われてもぴんとこなかった。目の前の男が別の知らない女のことを褒《ほ》めている。そんなふうに他人事《ひとごと》のように聞き流してしまう自分がいた。

「じゃあ、あたしたちってその……、そういうこともしていたの？」

実は朝から気になっていたことを、美咲は勢いでずばりと訊《き》いてみた。学校の友人には隠《かく》り世《よ》の存在を知られるわけにはいかないため、弘人との恋愛や結婚に関することも一切秘密にしてあるようだったから、いまとなってはこの答えは弘人にしかわからない。

「そういうことってどういうことだよ？」

半ばわかっているくせに弘人が白々しく問うので、

「ええと、夜になったら仲良しの夫婦がすることよ」

美咲はもじもじと目を泳がせながら返す。

「おまえほんとに覚えてないのか？　ゆうべはふたりははじめての夜で、一睡《いっすい》もしないでたっぷりと可愛《かわい》がってやったばかりなのに」

どこかいたずらめいた顔で言われ、美咲は思わず片づけの手をとめた。

「う……嘘よね？」

目が覚めたら水浸《みずびた》しになって床に転がっていたのだからそんなはずはない。

「嘘だよ」

弘人があっさりと覆《くつがえ》したので、美咲はなんとなくほっとした。

「まあ、結婚したといっても『隠り世で』、と但《ただ》し書きがつくようなかたちだけのものだからな。おまえは半妖怪でこの先もなにかと狙《ねら》われやすそうだから、魔除《まよ》けと虫除けのつもりでちょっと急いだんだ」

「魔除けと虫除け……」

本店の子息の嫁ともなれば、そうやすやすと手も出せない。

けれどその答えを聞いて、美咲は結婚の事実にすとんと納得がいった。跡取りのためとはいえ、自分はまだ十七歳の高校生だ。かたちだけのものだったと聞けば、むしろ気が楽だった。だいいち、結婚するからには相手に対しての愛情というものがそれなりにあったはずなのに、それもいまの自分には微塵《みじん》も存在していない。

「あの、弘人さん」

呼びかけると、弘人がはたと美咲を見た。

「——って呼べばいいのよね？」

たずねてから、二拍《にはく》ほどの間《ま》があった。

「……ああ。好きなように呼んでくれ。日常生活にはさし障《さわ》りないようだから、べつにおれとのことも神経質にならなくていいよ。犯人つかまえればなんとかなるだろうし、このままふつうに一緒に暮らしてればそのうちなにか思い出すかもしれないし」

弘人は気楽な調子で言う。

「そうよね、そのうちにね。じゃあ、あたしもそろそろお風呂に――」

美咲もひとまず片がついたような気分になって、風呂場にむかいかけたのだが、

「待てよ」

（え……？）

いきなり二の腕をつかまれて、びくりと身をこわばらせた。

「おまえ、おれを忘れただなんて、ほんとうは嘘《うそ》なんだろ」

まっすぐこっちを見据《みす》え、うって変わって真摯《しんし》な声で弘人が問う。これまでのたわいない会話が、ほとんどうわべだけのものだったことに、美咲はそこでようやく気がついた。

美咲は目を下にそらした。嘘ではない。ほんとうになにひとつおぼえていないのだ。けれど、それを口にすることはできなかった。彼の声音《こわね》からそうではないことを願うもどかしさのようなものが伝わってきたから、頷《うなず》いたら傷つけるような気がしてなにも返せなかった。

どんな顔をすればよいのかわからず、目をあわすこともできないままじっとしていると、ふいに強い力で彼のほうに引きよせられた。

「美咲――」

名を呼ばれて間近で顔をのぞき込まれ、濡れた黒曜石《こくようせき》のように艶《つや》やかな瞳《ひとみ》とぶつかった。

その、女心に訴えてくるような甘さと深い思慕《しぼ》の入りまじった面《おもて》に、思いがけずどきりと鼓《こ》動《どう》がはねる。

弘人はさらに腕に力を込めて美咲を抱きよせ、口づけようと顔を近づけてくる。

「やめて」

とつぜん身の危険を感じて、美咲は本能的に顔をそむけて弘人を突きはなした。そうして拒《こば》んでしまった。

(やだ……)

美咲は自分で自分をかばうようにそっと二の腕を抱いた。体のそこかしこに残る慣れない感覚に、どきどきと胸が高鳴った。見ず知らずの男に抱かれて口づけまでされそうになって、どうして平然としていられようか。

拒まれた弘人が、目をまるくして自分を見ていた。

「あ、ご、ごめんなさない。あの、なんだか混乱して……」

美咲はあわててあやまった。あまりにも弘人が驚いた顔をしていたので、思わずこっちが悪いことをした気になった。いや、夫婦なのだから、やはり拒んだ自分のほうに非があるのかもしれない。

同時に美咲は、自分がこの男を受け入れられないのだということを思い知る。

短い沈黙が落ちた。

「……そうだよな。こっちこそ、ごめん」

ややあってから、弘人も自分になにか言い聞かせるようなぎこちない口調であやまり、たったいま状況を理解したふうに小さく嘆息《たんそく》する。

美咲の胸は、いやな緊張でざわめいていた。

この男と恋に落ちたということは、当時、そうなるための条件がそろっていたのだろう。自分たちのおかれた状況が、その時はうまい具合に恋心に作用した。

けれどいまはちがう。自分とこの男の間に横たわっているのは、隠り世で祝言《しゅうげん》をあげたらしいという箇条書《かじょうが》きの事実だけだ。たしかに好きなタイプの顔をしてはいるけれど、いくら容姿のいい男がそばにいたって、ただそれだけで本気の恋ができるわけではない。

（こういうときって、どうしたら……）

繕《つくろ》いづらい苦々しい空気にいたたまれなくなり、美咲は唇《くちびる》を噛《か》んでうつむいた。

「おれは寝るよ。……おやすみ」

おなじように居心地の悪さを感じていたはずの弘人があたりさわりのない口調で短く言って、美咲に背をむける。暗くも、明るくもない感情の読めない表情だった。

（弘人さん……）

美咲はしばらく動けなかった。その場にとり残されたのは自分なのに、自分のほうが彼をおきざりにしたような妙な心地がした。

（はやく思い出さなきゃ）

息苦しいような義務感に駆られて、美咲はそっとこめかみをおさえる。

けれど、その夜を境に、弘人がなれなれしい態度をとることはいっさいなくなった。

翌日。


「うわ、なんつー嬉《うれ》しい状態」

今野家《こんのけ》の縁側つづきの居間に、明るい劫《めぐる》の声が響く。

店員の雁木小僧《がんぎこぞう》から、美咲がどうやら弘人の記憶を失っているらしいことを聞きつけたバイトの劫が、就業前に百々目鬼《とどめき》とともにふらりとようすを見に現れたのだ。

「若様の記憶だけをもっていったというのがなんともいやな感じですねえ」

ことの顚末《てんまつ》を聞いたあと、百々目鬼が小さな眉《まゆ》をひそめる。

「そこがいいんじゃないか、全部なくなっちゃったら不便だけどさ。もう、これを機にこいつとは別れて僕と結婚しなおそうよ、美咲」

劫は、美咲の用意したお茶に手をのばしかけた弘人を見やって朗《ほが》らかに言う。

「ええっ、なに言ってるのよ、劫は！」

冗談とわかっているのに顔が熱くなるので、美咲はお盆ですこし顔を隠す。

「あれ、頰《ほお》赤くしてかわいいな。見ろよ、弘人。やっぱ、おまえがいなかったら美咲はぼくのものだったんだよ」

劫がめずらしく手ごたえのある美咲の反応に上機嫌《じょうきげん》になって、彼女の肩を抱く。

「劫くんはひとりっ子だから一之瀬《いちのせ》のお家を継ぐ身でしょ。お嬢さんと結婚は無理っ」

百々目鬼が言う。

「そ、そうよ。劫はうちに婿《むこ》入《い》りはできないわよ」

「え？　ぼくは一之瀬の家なんてどうでもいいよ。親もなんも期待してないし。いつでも御先祖様裏切って今野家に婿入りしちゃうけど？」

「そんな薄情な人はおことわりよ」

美咲は劫の肩をぐいと押しのける。なんとなく気になって弘人のほうを見るが、これといって意見することもなく涼しい顔をしているので本心がよくわからない。

ゆうべ、彼を拒んだとき。あの瞬間から、なにかが決定的になった。おそらく過去の美咲といまの美咲をきっちりと分かつものが彼の中に生まれたのだ。とくにふたりきりでいるときの態度が、はた目にはわからない程度だが、しかし確実に変化している。初対面のときにはあった心やすさのようなものが、いまはさっぱりなくなっているのだ。

思うことがあるのなら、いっそのこと腹を割ってなにもかも喋ってくれたらいいのに。

記憶喪失が、笑い話ではすまされない、もっと深刻な状況になりつつあるのが心苦しかった。

「そろそろ時間だぞ。仕事して来いよ」

弘人がぼそりと言う。

「あ、ほんとですね。劫くん、行くわよ」

「はいはい」

時計をたしかめた百々目鬼に促《うなが》されて劫も立ちあがる。

「待って」

美咲はとっさにふたりを引きとめた。

「あ……あたしもお店、手伝う」

振り返った劫に、美咲はややためらいがちに申し出た。弘人とふたりきりになると、なんともいえない気づまりな空気が流れるのでつらいのだ。

「そう？　じゃあ来いよ」

劫はちらと弘人を一瞥《いちべつ》してから言った。

「行ってきます」

美咲はすこし申し訳なく思いつつも、いちおう弘人に挨拶《あいさつ》をして、劫たちと一緒に部屋を出た。

弘人はなにも返さず、とくに表情も変えないまま、美咲がおいていった盆に視線を落とす。

紺《こん》から朱色《しゅいろ》に変わった店先ののれんが、夕暮れの風にゆれている。雨が近いのか、風はいくらか湿気をはらんでいる。

事務室で私服から店の制服に着替えた美咲は、すこし遅れて店に出た。

妖怪も奥の襖《ふすま》から出入りする時刻だが、店内の客はみな現し世の人間ばかりだ。

雑誌を立ち読みしていた最後の客が出ていってしまうと、百々目鬼と品出《しなだ》しをしていた美咲はレジに戻って劫にたずねてみた。

「ねえ、弘人さんて、どんな人だったの？」

「うーん……、見た目どおりの、育ちのよいお坊ちゃんだよ」

劫はあたらしい煙草《たばこ》をケースに補充しながら答える。

「それはわかるわ。もっと具体的になにかない？」

劫は考えるふうに首をひねり、

「そうだなあ、手抜きしてるように見えるのに、なぜかぬかりがない。ほら、勉強してませんって顔しておきながら陰でしっかり努力してて、テストではちゃっかりと満点とるヤツっているだろ。そういう男だよ」

と適当に言葉をならべた。

「うーん、たしかにそんなイメージね。それに黙ってるときはなに考えてるかわかんないわ」

「ああ、そうそう。僕や美咲はどっちかっつーと思ったことしか言わないし、言ったことしか考えないタイプだけど、あいつは言ったことの三倍はなにか別のことを腹で考えているタイプだな」

ったね」

「そうじゃないけど、手の内を明かしてくれないから、なんかつかみどころがないっていうか。傍《はた》から見てると、いつも美咲があいつの言動に翻弄《ほんろう》されているみたいでぼくとしては歯がゆかったね」

劫は作業をやめて美咲のとなりにならんだ。

「もう、あんなやつのことなんかほんとに放っといて、ぼくにしとけよ、美咲。こっちの世界じゃまだ独身なわけだし」

言いまわしは軽いのだが、声はまじめなものをおびていた。

「な、なに言ってるのよ、劫は。いま仕事中なのよ」

ふだんの明朗な雰囲気《ふんいき》とはどこかちがうので、美咲はどぎまぎしながら言い返した。

学校のことにでも話題を変えようとすると、

「きみが望むのなら、ぼくはいつでも本気になれるんだよ」

劫は美咲を見つめ、畳《たた》みかけるように言う。いつになくひたむきな眼差《まなざ》しにどきりとする。

劫はこんな顔をする男だっただろうか。少なくともここしばらくは見せたことがなかった。

それから客がひとり入ってきたので劫は口を閉ざし、ふたたび煙草を補充する作業に戻る。

妙に胸が波立っていた。

劫が本気になったらどうなるのだろう?

けれど美咲は、彼の言葉が気になっている自分に、急にうしろめたさのようなものを感じた。きみが望むのなら――。いままでは、劫に望む特別な感情はなかった。いまも、あってはならないことなのだと本能が告げている。

（それは弘人さんがいるから？）

わからない。感情の整理がうまくつかなくなって、美咲は惑《まど》いを締め出すように軽くかぶりをふる。

その後、カウンターフーズのチェックをしながら、やはり記憶を取り戻さねばならないと美咲は思った。自分は弘人と結婚までしたのだ。その彼との関係を、いまの中途半端《はんぱ》なぼやけたままにしておくのはよくない。

まず自分の中の彼の記憶を奪った犯人とその理由をはっきりさせ、記憶を取り戻す手がかりを自分でつかむのだ。

3

美咲《みさき》が記憶をなくして二日ばかりがすぎた。

その夜、弘人《ひろと》は、裏町の行きつけの一品料理屋で情報屋の雨女《あめおんな》と飲んでいた。雨女と同業の板前が妖怪料理の腕をふるう、カウンター越しに客席が八席ばかりの簡素な店だ。

「頼まれていた件なんだけど」

雨女が冷えた霊酒《れいしゅ》を弘人の猪口《ちょこ》に注《つ》ぎながら切りだした。今夜の彼女は雅《みやび》な金扇《きんせん》に花柄《はながら》の訪問着姿で、いつもの婀娜《あだ》っぽさに加えて派手さも漂う。濃いめの朱唇《しゅしん》が、頬《ほお》の刺青《いれずみ》と相まって毒々しい。

「ああ。調べはついたか？」

記憶の操作のできる女についての情報を依頼してあったところだった。

「いろいろあたってみたんだけど、水の妖怪ではなく、雪妖《ゆきよう》に関してならひとつあったのよ」

「雪妖？」

弘人は眉《まゆ》をあげた。

雪女《ゆきおんな》、雪坊主《ゆきぼうず》などの雪に属する妖怪をひとくくりにして雪妖と呼んでいる。

「ええ、遠野《とおの》に、凍らせ屋と呼ばれる他人の記憶をいじって商売にしている雪女がいるらしいの」

「遠野の凍らせ屋……」

遠野というと岩手《いわて》県の真ん中、隠《かく》り世《よ》でいうと子《ね》ノ区界にあたる。

弘人はそこではたと気づいた。雪女は寒冷地でしか生きられない妖怪だ。ここに留《とど》まることがあるのだとしたら、居心地が悪いから妖気でまわりを凍らせるだろう。美咲の部屋が水浸《みずびた》しだったのは、その氷雪《ひょうせつ》が溶けて水に変わったからなのではないか。

「しかし記憶いじりなんて、いったいなにがどう商売になるんだよ？」

弘人は珍奇な商《あきな》いに眉《まゆ》をひそめる。

「対象となる人物の記憶を引き出して凍らせたあと、別な場所で長期保存したり他のだれかに喰《く》わせたり。用途は依頼人の目的によってさまざまね。でもまあ雪妖は北国でしか活動しないから、あまり知られていない技ではあるわね。もともと日陰の商売だし」

「記憶を引き出す……」

するど美咲の記憶は消されたのではなく、盗《と》られてどこかに保管されているということになるのか。あるいはほかのだれかに植えつけられたか──。

雨女は続けた。

「で、凍らせ屋の正体を探ってゆくと、そこらへん一帯を仕切っている極道《ごくどう》の姐御《あねご》がひっかかってくるのよ。若くて顔に傷のあるという人相も一致《いっち》しているわ」

「極道の姐御……」

想定外の肩書きに弘人はいささか面食《めんく》らう。

「天地紅組《てんちべにぐみ》という雪妖の一派ね。表看板は金貸し業になってるけど、代々、地下経済にかなり貢献《こうけん》している連中よ。ほら、十数年前に一度、〈惑イ草《まどぐさ》〉の大規模な検挙があったでしょう、といっても当時は若旦那《わかだんな》はまだ子供だったわね」

〈惑イ草〉とは、枯《か》らしたものを刻んで焚《た》いたり煙草《たばこ》に混ぜて吸い込むことで快楽を得られる麻薬だ。摂取量をあやまると凶暴性や嗜虐性《しぎゃくせい》が増幅し、中和することもままならなくなって大参事を引き起こすため、表向きは橘屋《たちばなや》が取り締まっているのだが、ひどい事件に発展しなければ黙認されているのが現状である。

弘人はしばし記憶をたどってから、

「いや、覚えてるよ。年は八つくらいだったな。大きな事件が片づいたんで、〈御所《ごしょ》〉で本店の連中が夜通し祝い酒を飲んでた」

自分も調子にのって飲んでいたら次の日、生まれてはじめて二日酔いになった。それで苦い思いをしたのではっきりと記憶に残っているのだ。

「そう。……で、密売の元締めをしていたのがその天地紅組の組頭《くみがしら》で、検挙時の悶着《もんちゃく》で命を落としたの。その後、一人娘だった凍らせ屋の雪女が若くして跡目を継いだらしいんだけど、これがめっぽう強い女で、こぜりあいを続けていたまわりの組を短期間でどんどんシメあげて、いつのまにか遠野周辺の覇権《はけん》を握ったらしいわ」

「女だてらに代紋《だいもん》背負ってんのか」

天地紅といえば巻物やのし紙などの上下を赤く染めたもののことをいうが、組名にどういった思い入れがあってそれをつけたのかはいまひとつイメージがわかない。

「あと、子ノ区界にある『布袋屋《ほていや》』という水茶屋《みずぢゃや》が抱《かか》えてる提重《さげじゅう》たちに、こっそり〈惑イ草〉を捌《さば》かせてるって極秘の噂《うわさ》もあるわね」

「そいつはよくある手口だな」

提重というのは私娼《ししょう》の一種である。女をとおして客に〈惑イ草〉を売りつけ、その儲《もう》けを分けあう仕組みなのだろう。

「だれに対する？」

「それにしても、若旦那の記憶だけを意図的に抜き取るなんて、あきらかに動機は怨恨《えんこん》だわね」

「あなたでしょ。あるいは、あなたたちふたりに対してね。やくざ相手にいったいなにをしでかしたのよ？」

雨女は興味津々《しんしん》で弘人の顔をのぞき込んでくる。

「さあ。それはこっちが聞きたい」

弘人は猪口をあけてため息をつく。依頼人が別にいるのだとしてもさっぱり見当がつかない。

「それでいまはどうしてるの？　見たところずいぶんと参っているみたいだけど、忘れられたまんまおとなしく傷心《しょうしん》の日々を送るつもりでもないんでしょ。愛のない夫婦生活なんてつまらないものねえ。記憶がこのまま戻らなかったらどうするわけ？」

雨女は、板前から受け取った炙《あぶ》りものに箸《はし》をつけながら、どこかやさぐれた顔つきで頬杖《ほおづえ》をついている弘人をおもしろそうに見やって問う。

「べつに。もう一回惚《ほ》れさせればいいだけのことだろ」

「さすがは若様、余裕綽々《しゃくしゃく》ねえ。でも彼女があなたという男にもう一度惚れるという確証はないのよ」

「おっしゃるとおりで」

「この際、思いきって手を出してみたら。案外体がおぼえているかもしれないわ」

「そんなのとっくに試したよ」

「で、どうなの？」

「拒《こば》まれた」

「おほほほ。それでいじけてるのね」

「だれかに忘れられるのがこんなにつらいことだとは知らなかったな」

姿勢を正し、至《いた》ってまじめな面《おも》もちで弘人は言う。

「惚れてる相手だから打撃がすごいのよ」

「忘れたというより、存在そのものを否定されているような感じなんだ」

ここへ来るときにも店番を手伝っている美咲の前を通ってきたが、ほかの店員にならってお愛想《あいそ》程度に行ってらっしゃいと言ってくれただけだった。以前の彼女なら、どこへ行くのかくらいは無邪気《むじゃき》にたずねてきたのに。

あきらかに自分を見る目が変わった。意識して距離をつくっているフシさえあるのだ。一方で、劫《めぐる》には、心惹《こころひ》かれるような反応を見せていたのも気にかかる――。

「ふふ。あんなに一途《いちず》で可愛《かわい》く懐《なつ》いてたのに、いまじゃ手も握らせない勢い。もう守《も》り役とし

ての矜持《きょうじ》はズタズタね」

雨女は愉悦《ゆえつ》もあらわに笑う。

「おまえ、人の不幸をおもしろがってない？」

「あら、バレた。わたしの許しもなくちゃっかり祝言《しゅうげん》なんかあげるから罰《ばち》が当たったのよ」

弘人は雨女のひやかしをよそに、深々とため息をついた。

「天地紅組か。いやな予感がするな。遠野というと、ここからもかなり距離があるところだし」

「ほかになにか情報がつかめたら、また連絡するわ」

雨女は、慰《なぐさ》めるように弘人の肩に手をそえて言う。


そのまま飲んでいても悪酔いしそうなので、弘人は雨女とは早々に別れて、本区界《ほんくかい》にある実家──〈御所〉へとむかった。ここの一角に『橘屋本店閻魔帳《えんまちょう》』と呼ばれる、妖怪たちの罪咎《つみとが》を記した帳面が保管されている。

吟味方《ぎんみがた》が過去の事件を調べるほかにはめったに出入りがないため、書庫内の空気はややしけて淀《よど》んでいた。

書架《しょか》にぎっしりとならんだ和綴《わと》じの書物。ここには美咲と一緒に始末した事件の記録もあるが、いまの彼女の中に自分の記憶はない。

弘人は美咲と過ごした時間がだんだん空虚なものになってゆくのを感じた。思い出など、共有する相手がいなければ色褪《いろあ》せてしまうもののような気がする。

このまま溝《みぞ》が深まってゆくのを黙って見ているわけにはいかない。

弘人は、年代を遡《さかのぼ》って十一年前のいくつかの閻魔帳を手に取って頁《ページ》を繰《く》ってみた。

しばらくして〈惑イ草〉密売の検挙に関する記述を見つけるが、内容はおおよそ想像していたようなことしか記されていなかった。

事件のおおまかな流れ、当時たずさわった捕り方の人数と名、等。裏町全体で一斉《いっせい》におこなわれたことだったようで、各区界別に、おびただしい数の関係者の名が紙面に残されている。

弘人はほかの頁にもぱらぱらと目を通してから、古い閻魔帳を閉じて書架に戻した。

書庫を出た弘人は、本殿にある兄の鴇人《ときひと》の部屋を訪れた。

彼は〈御所〉仕《づか》えの医務官が謀反《むほん》を起こした事件のとき以来、怪我《けが》を負って療養中である。

「おや、ヒロくん。久しぶりだな」

弘人が部屋に入ったとき、利休色《りきゅういろ》の着物姿の鴇人は布団《ふとん》の上で半身を起こして本を読んでいた。弘人の顔を見て、嬉《うれ》しそうににこりとほほえんで本を閉じる。

「どうですか。体のほうは」

「おかげさまで順調に回復しているよ。怠《なま》けるのも案外楽しいね。根が生える前に床上《とこあ》げしなきゃ、兄さんこのままひきこもりになってしまいそう」

「それは困ります。おれは現《うつ》し世《よ》の㈱橘屋の看板を背負う気はありませんよ」

「あと三年もすればスーツ着て企業戦士やらなくちゃいけない男がなに言ってるの。……そういえば、天狗《てんぐ》の郷《さと》でめでたく結婚したって聞いたよ。藤堂家《とうどうけ》が不満たらたらで見舞いに来るもんだから傷口が開きそうになって参った。こっちも不動産のアテが外れてがっかりだが、まあお上《かみ》の命《めい》だからこればっかりは仕方がないな」

「……すいません」

美咲を選んだことに、実はあまりお上の意思は関係していないので、兄や藤堂家に対してはなんとなくうしろめたさをおぼえている。

「まあ、おまえが幸せならそれも悪くない。で、新婚のくせにもう里帰りかい。一度正式にふたりでお上に挨拶《あいさつ》に来なさいよ」

鴇人はのんびりとくつろいだ口調で言う。

「ええ。そのつもりでしたが、嫁が記憶を取られて離婚の危機なんです」

弘人は淡々と告げた。

「記憶を?」

鴇人はやや驚いて眉をあげる。

「そうです。ちょっといいところを見せようと、むこうの気持ちを尊重して初夜《しょや》を先延ばしにしたばっかりに、次の日には忘却《ぼうきゃく》の彼方《かなた》です――おれだけ」

あの夜、一緒に過ごしていれば、彼女は雪妖に襲われずにすんだのだ。そのことが悔《く》やまれてならない。

「ほう、初夜もおあずけで受難が続くねえ、ヒロくん。しかし今回は高子《たかこ》さんもハツばあさんも噛んでない」

兄はめずらしくまじめな顔で教えてくれる。

「ええ、それで記憶を取り戻す手がかりを得ようと帰ってきたんですよ。最近、遠野で起きた事件を調べたいと思って」

「遠野？」

「美咲の記憶をもっていったのは遠野の雪妖である可能性が高いんです。あそこを縄張《なわば》りにしている天地紅組とかいう極道の親玉が記憶を凍らせてもち出す裏稼業《うらかぎょう》で稼《かせ》いでいるらしくて。でもなぜ美咲を相手にそれをやったのか、動機がさっぱり思い当たらない」

「依頼人が別にいるとかかい」

「かもしれません」

「天地紅組か。懐《なつ》かしい名前だな」

鴇人は顎《あご》に手をやってつぶやいた。

「十一年前の一斉検挙ですか」

弘人は注意深く問う。だれの記憶にもあるような大事件だったのだ。

「ああ、兄さんが成人したころだったな。楓《かえで》とは新婚ほやほやでさ、定時ぴったりに帰ろうとするのに、お偉方《えらがた》から引き止められていつもしぶしぶ残業してた。楓はよくそこにさし入れをもってきてくれたんだが、たいてい次の日はみんな腹こわして欠勤――」

「のろけ話はいいですから、そのときのことをなにか教えてくださいよ。なんでもいいんです」

大事件だったわりに、口伝えで語られていることも少ないのだ。

鴇人はしばし記憶を手繰《たぐ》りよせるふうに考えてから言った。

「うーん、すまんが一斉検挙に関しては、事件後にここで祝い酒を飲み明かして二日酔いになった覚えしかない」

「…………」

自分がこの男と半分は血の繋《つな》がりのあったことを、弘人はあらためて思い出す。

鴇人は面《おもて》を引き締めて言った。

「子《ね》ノ区界は当時もいまも領地を取りあって抗争が絶えない厄介《やっかい》な土地だよ。とくに遠野周辺は天地紅組が幅をきかせて異種族を徹底的に排除している。彌ノ分店に取り締まりを促《うなが》したり、使いをやったりしてるんだが、賄賂《わいろ》を貰《もら》っておとなしく帰ってきてしまう。住人は安穏《あんのん》にやっているのだから黙って見逃してやろうといったところさ」

「いいんですか、そんなんで。ただでさえ〈惑イ草〉がはびこるきな臭《くさ》い土地なのに」

「ああ。そろそろ制裁を加えたほうがいいとは思っているんだがね、どちらの皆さんにも」

鴇人は裏町の仕事に関しては比較的淡白《たんぱく》である。弘人は軽くため息をついた。

「関係あるかどうかわかりませんが、十一年前の検挙に関しての閻魔帳がちょっと気になりました。なぜあんな大きな事件だったのに、記録が少なくてあいまいなんです？」

鴇人はかぶりをふった。

「うちの吟味方、不都合なことは隠蔽《いんぺい》する悪い癖《くせ》があるからねえ。兄さんも直接事件にかかわったわけではないから、詳しいことはよく知らない」

それらしく振る舞っているが、この兄のことだからなにか知っているにちがいない。

「隠蔽とか、わかってるのなら黙認してないでなんとかしたらどうですか」

「うん。しかし隠す必要があるから隠してあるんだよ」

潔白《けっぱく》な顔で理路整然と言われ、弘人はもはや返す言葉を失った。外聞《がいぶん》をはばかるようなことがなにかあったのは確かだろう。しかし弟の恋路《こいじ》より店の体面を重んじる兄の口からは聞けそうにない。

これ以上ここで調べてもなにもつかめそうにないので、弘人はあきらめて立ちあがった。

「帰ります」

「もう帰っちゃうのかい？」

「美咲がおれのことを思い出して恋しがっているかもしれませんから」

兄を黙らすためにてきとうに冗談を言ったつもりが、案外自分が本気でそれを願っていることに気づいて気が滅入《めい》った。

「ヒロ」

だしぬけに引きとめられた。振り返ると、鴇人が真顔で告げた。

「あの事件は穿《ほじく》り返さないほうがいい。とくに今野家《こんのけ》に婿《むこ》に入ったおまえが単独で動くのはまずい」

「なんでです?」

とつぜんの不穏《ふおん》な発言に、弘人はやや身構える。

「今野隆史《たかし》の死がかかわっているかもしれないからだよ」

鴇人の口から思いもよらぬ人物の名があがって、弘人ははたと目を見開いた。

「今野隆史……。美咲の、父親ですか——?」

4

その夜。

美咲《みさき》は、記憶を奪った犯人に関する手がかりをどう探すか相談するために、弘人《ひろと》が帰宅するのを居間で待っていた。ハツとゆりはテレビを見ている。

「ただいま」

十一時近くになって、弘人がなにやら思案顔《しあんがお》で戻ってきた。

「おかえりなさい」

「おかえりなさいませ、弘人殿」

ハツが姿勢を正して頭をさげるので、美咲もつられてそれにならう。

「美咲、おまえ今週末、暇《ひま》か？」

目があうと、だしぬけに訊《き》かれた。つけられていたテレビの音が一気に遠のく。

「え、ええと、暇だけど……」

デートの誘いだろうかと一瞬、どきりとする。そばにいるゆりやハツの視線が気になる。

「おれと遠野《とおの》に行かないか？」

弘人は美咲のとなりに腰をおろし、まっすぐ目を見つめて言った。

「遠野ですと？」

むかいのハツがぎょっと目を見開く。その横にいたゆりも顔色を変える。

「遠野って、どこだっけ？」

弘人の真剣な眼差《まなざ》しとハツらの反応にただならぬものを感じて、美咲は身を引き締めながら問い返す。

「子《ね》ノ区界《くかい》だよ。こっちでいうと岩手《いわて》の真ん中らへんにあたる。隠《かく》り世《よ》の遠野は万年雪国だ。おまえを襲ったのは水棲《すいせい》の妖怪じゃない。たぶん、そこから来た雪女《ゆきおんな》なんだ」

「雪女？」

意外な妖怪の名があがって、美咲は驚く。

そこではたと彼女は気づいた。雪女は暑いところが苦手だ。

「あたしを待ち伏せするために部屋を凍らせて、記憶を奪ったあと、犯人はそのまま逃げたんだわ……」

「そう。部屋が水浸《みずびた》しだったのは、たぶんその氷が溶けて水に変わったからなんだよ」

美咲の憶測《おくそく》に、弘人が頷《うなず》く。

水と結びつけて、てっきり水棲の妖怪の仕業《しわざ》だと思い込んでいたが、おぼろげに残っている女の容貌《ようぼう》は、言われてみれば雪女の特徴をもっていたような気がする。

「情報屋に聞いた話では、凍らせ屋という、記憶を商品として扱う妙な技をもった雪女がいるらしいんだ。だからおまえの記憶も、消したのではなく抜いてもっていかれた可能性が高い。なんのためかはわからない。でも、顔に傷のあるという情報も一致《いっち》しているから犯人はそいつにまちがいはない」

「記憶を抜いて、もってゆく……」

記憶を物として扱うという概念《がいねん》がいまひとつ理解できないが、抜かれたものがどこかに存在していうのだとわかるといくらかほっとした。もし取り戻せたら、きっといまほど弘人とぎくしゃくしなくてすむような気がする。

「あたしの記憶、ほんとうにそこにあると思う？」

希望のようなものをたしかに感じながら、美咲は慎重《しんちょう》に問い返す。

「わからない。でも、その雪女に会えば、なにか手がかりがつかめるはずだ。無理に来いとは言わない。もし記憶を取り戻す気があるならの話だ。おまえが来なくても、おれはひとりで行くつもりだが――」

美咲はしばし黙り込んで考えた。ほかでもない、自分のことだ。記憶が取り戻せるのなら、自分から行って取り戻したいと思う。自分のためにも、弘人のためにも。

心を決めるのに、時間はかからなかった。

「あたし、行くわ」

美咲は弘人に返事を告げた。

犯人の具体像がつかめたのと、弘人が同行するという条件に安心してハツが遠野行きを承諾《しょうだく》しかけたとき、それまで黙って会話を聞いていた母のゆりが、思いがけずそれを遮《さえぎ》った。

「だめよ。遠野へは……行ってほしくないわ」

「お母さん……」

美咲は驚いてゆりを見た。ゆりが隠り世のことに口出しをするのはめずらしいことだった。

裏稼業《うらかぎょう》を継ぐのに関しても、亡《な》き父の意に従って強要も反対もせず、美咲の選ぶ道をそばで静かに見守ってくれていた人だ。

「なぜです?」

弘人がとても冷静な声で控《ひか》えめに問う。なかば理由をわかっているかのような表情なのが、美咲にはひっかかった。

「あそこは、だめよ。お母さん、いやな予感がするわ」

ゆりは目を伏せて、弱々しくかぶりをふる。

「隆史《たかし》さんのことですか」

思いがけない人の名が出て、美咲ははっと弘人を見た。

「お父さんの? お父さんがどうして……、なにか遠野と関係があったの?」

美咲の父——今野《こんの》隆史は、美咲が六つのときに事故死している。まだ幼かったせいで、当時の父の記憶はおぼろげにしか残っていないけれど。

「隆史が死んだのは遠野の妖怪のせいかもしれんからじゃ」

弘人に代わってハツが言った。ゆりは畳《たたみ》に視線を落としたまま、暗い顔をしている。

「そんな……、お父さんはただの事故で死んだんじゃなかったの?」

とつぜん聞かされる事実に、美咲は耳を疑った。

「そういうことになっているがな。その事故そのものが、ひょっとしたら遠野の妖怪が仕組んだことかもしれんのじゃ」

「ハツさんにも、真相はわからないということですか」

弘人がたずねると、ハツは唇《くちびる》を引き結んで頷いた。

「あなたはどうして主人のことを知っているの、弘人くん？」

ゆりは不思議そうに訊き返す。

「〈御所《ごしょ》〉で兄が言ってました。隆史さんは、十一年前に行われた〈惑《まど》イ草《ぐさ》〉の一斉《いっせい》検挙にかかわっていたらしいと。事故死も、それに絡《から》んで起きたことなのではないかと――」

鴇人《ときひと》がそれ以上のなにを知っているのかはわからなかったと弘人は言う。

「〈惑イ草〉の一斉検挙？」

美咲は耳慣れない言葉に反応する。

「ああ。天地紅組《てんちべにぐみ》というやくざの頭《かしら》が裏町中に手をひろげて〈惑イ草〉の密売をしてたんだが、それを橘屋《うち》が一網打尽《いちもうだじん》にしたんだよ。凍らせ屋の雪女はその天地紅組の二代目らしいんだ」

「二代目……」

「なんと！　たしかにせがれは一斉検挙にかかわっておった。美咲の記憶を取ったのが天地紅組の頭だとすると、せがれの死ともなにかかかわりがありそうじゃな」

ハツが険《けわ》しい面《おも》もちのまま言った。

父の過去になにかがあった。ただの事故死ではなかったかもしれない。そのことに、美咲はひどく動揺した。

(妖怪に仕組まれた事故だったかもしれないなんて……)

思いもよらぬことだった。あのときまだ自分は小さくて、事故死という母から聞かされたことをそのまま信じて疑わなかった。十一年もの月日が流れて、父はいまや完全に過去の人になっているけれど、悲しみや寂《さび》しさはまだ心のどこかに漠然《ばくぜん》と残っている。

美咲はしばしいろいろなことを考えたのち、決然と言った。

「お母さん、だったらあたし、なおさら遠野に行くわ。弘人さんの記憶を取り戻して、それにもしお父さんの死が過去に起きた事件となにかかかわりがあるのなら、それも知りたい。ううん、店を継ぐんだから知るべきだと思う」

胸がざわざわした。行かねばならないという強い衝動《しょうどう》に駆られていた。遠野にきっとなにかがあるのだ。

「美咲……」

ゆりは、美咲のまっすぐで真剣な眼差《まなざ》しに打ちのめされたような顔をしていた。

それから、

「美咲は、すっかり跡取りらしくなったわね」

そうつぶやいたきり、黙り込んでしまう。それから、なにか考え込むような表情のまま、風《ふ》呂《ろ》に入ってくると言って席をたった。

ハツは、夫に続いて、娘の命までもが遠野の妖怪に取られてしまうのではないかと恐れているのだろうと言った。

美咲もそんなふうに感じた。自分が逆の立場でも、やはりすぐには頷けない。ハツの言うとおり、娘が同じ道を辿《たど》るようなことになったら耐えられない。父の死の経緯《いきさつ》があいまいだから、なおさらにそんな懸念《けねん》は強まる。

その後、弘人は気をつかって、遠野へは、やはりひとりで行くことにすると誘いを取りさげた。

ゆりは、娘の言い分を聞き入れようと努力してくれているのだろうか。

ひとりになってから、美咲はどうするべきなのかを悩んだが、やはり彼女の反対を押し切ってでも、遠野には行こうと思った。父のことも、弘人の記憶のことも、自分の力でなんとかして片をつけたかった。

ゆりには申しわけない気持ちでいっぱいだった。


けれど翌朝になって、登校するために玄関で靴を履《は》きかけていると、ゆりが、

「週末、行ってもいいわよ、美咲」

遠野行きを許す言葉を静かに告げてくれた。

「ほんとうにいいの……？」

美咲が目を丸くすると、ひとつ頷いて、ゆり言った。

「お母さんほんとうは、美咲も人間の世界だけで生きていけばいいんじゃないかってすこし思っていたの。だって裏町は危険だわ。妖怪たちの中には強くて、はかり知れない力をもっているのがたくさんいる。命がいくつあっても足りないわ」

「お母さん……」

なんの力ももたない人間なら、隠り世に対してそういう意識を抱くのがふつうだ。

「でもね、ヒロくんがうちにやってきて、あなたが幸せそうなのを見ていたら、やっぱりこういう生き方もいいのかなって思ったの。あなたにはたしかに妖怪の血が流れていて、それを生かしておなじ妖怪の男の人と生きてゆくのはきっととても自然なことなんだって。……お父さんも、口には出さなかったけど、お店を継いでもらうことは望んでいたでしょうし」

父は、子供たちの好きなようにすればいいのだと言っていたという。半分人間に生まれた姉や美咲に、決して無理に店を継がせるつもりはなかったのだ。けれど、ほんとうは心のどこかに、跡取りを期待する気持ちもあったはずだと美咲も思っている。

「だから、弘人くんと遠野に行ってらっしゃい。そしてお父さんのこと、はっきりさせてきて」

ゆりは背中を押すようにおだやかに言った。

「お母さん、ありがとう」

美咲はすこしほほえんだ。許して、認めてもらえたのがうれしかった。

「でも、かならずここに戻ってくると約束してちょうだい」

ゆりは無事を祈りながら美咲の顔を見る。

「わかった。かならず戻るわ」

美咲は靴を履いて立ち上がると、頬《ほお》を引き締めて、ゆりに強く頷き返した。

第二章　樹氷の郷へ

1

二日後、週末を利用して、美咲《みさき》は弘人《ひろと》とふたりで遠野《とおの》にむかった。

遠野へは、裏町にもこれという抜け道がないので、途中の丑《うし》ノ分店《ぶんてん》までは電車で行き、そこから裏町に入って遠野に抜けることになった。

ホームにならんで電車を待っているあいだ、美咲は落ち着かなかった。ふたりとも和装なので目立つのだ。慶事《けいじ》か茶会だとでも思われるだろうか。

それでなくとも、弘人は背丈《せたけ》があって整った容貌《ようぼう》をしているから目をひく。すれ違う多くの女がほんの一瞬、弘人に見とれる。その育ちのよい清廉《せいれん》な感じのする面《おもて》に惹《ひ》かれて。

数日前に知りあったようにしか思えないこの男と、見知らぬ土地へむかう。そういう自分が信じられなかった。まわりの反応から信頼に足る人物らしいことはわかったが、美咲自身はまだ彼に対していまいち馴染《なじ》めていない。

電車に乗って車窓に知らない景色が流れはじめると、いよいよ遠方へ出向くのだという緊張が高まった。

弘人はあたりさわりのない話をしてきた。好きな食べ物や、着ている物のことなどを。そして美咲の学校生活についてを、わずらわしくならない程度にたずねてきたりもした。美咲が話しはじめると、聞き役にまわった。美咲が黙れば、適当な話題をふって気づまりな沈黙が流れぬように間をとりもった。

けれどこうして隣同士ならんで座っていても、互いの心にはなにかに隔《へだ》てられているかのようにわだかまりがあり、依然《いぜん》として彼は他人でしかありえないのだった。

橘屋《たちばなや》丑ノ分店には二時間半ほどでたどり着いた。

昼時間だが店主に頼んでとくべつに襖《ふすま》を開けてもらって、そこから裏町に入った。

しばらく丑ノ区界の街道を歩いてから、渡し屋の案内に従って子《ね》ノ区界に抜けられるという居酒屋にむかった。昼間なので、あまり出歩いている妖怪が見られない。閑散《かんさん》とした町屋造《まちやづく》りの通りを、ふたりはただ黙々と歩く。

ふと弘人の横顔を見て、美咲は軽く息を呑《の》んだ。

「どうした？」

美咲のかすかな反応に気づいた弘人がけげんそうに問う。

「瞳《ひとみ》の色が……」

弘人の瞳の虹彩《こうさい》は、黒から翡翠色《ひすいいろ》に変わっていた。美咲は思わずその美しい瞳に見とれる。白人にときおり見られるものとも質の異なる、まるで輝石《きせき》をそのまま嵌《は》め込んだかのような神秘的な輝きだ。どこか妖《あや》しげですらあり、彼が異界の住人であることを、美咲はあらためて思い知らされる。

「ああ。おれは、鵺《ぬえ》だから。これがほんとうの色なんだ」

弘人は淡々とした表情でそう教えてくれる。

「あ……」

ここは裏町なので、人間の色を擬態《ぎたい》していても変化《へんげ》の妖力《ようりき》を無駄に消費するだけだ。そんなことも忘れてしまったのかと美咲は自分が情けなくなった。弘人もおなじような気持ちなのにちがいないけれど、顔にも口にも出さずに無言のまま歩いてゆく。

居酒屋に着いたふたりは、用意してきた薄綿《うすわた》入りの羽織をはおり、積雪や雪解け時にそなえて歯が高く爪掛《つまがけ》のある雪下駄《ゆきげた》に履《は》き替えた。隠《かく》り世《よ》の子ノ区界は年中気温が低く、季節のめぐりも、現《うつ》し世《よ》やほかの区界とはすこし異なっているのだという。

ずっと信じられなかったのだが、戸をくぐって子ノ区界の遠野に着いた美咲は、それが事実であったことを思い知った。

「雪だわ……」

視界にひろがるのは雪景色だった。遠くの峰々《みねみね》から付近の家屋《かおく》まで、見渡す限りすっぽりと雪をかぶっている。空をあおげば、鉛色《なまりいろ》の雪雲が低く垂《た》れこめた冬空がひろがっていた。

雪はやんでいるが、大気はきんと冷えて冴《さ》えわたっており、身が一気に引き締まった。吐く息はもちろん白くなり、鼻っ柱が冷気にさらされてつんと痛む。

美咲が一面の銀世界に見とれていると、

「おまえ、襟巻《えりま》きはどうした」

寒そうな彼女の首まわりを見た弘人が問う。

「忘れたの。羽織は思いついたんだけど」

家を出るときは初夏だったのだ。そこまで気がまわらなかった。そもそも、ここまで雪深く寒いところだとは想像していなかった。

「おれのをしてろ」

弘人はそう言って自分のをするりとはずして、美咲の首に巻きつけてくれた。

冷えた襟もとが、軽くて柔らかな上質の毛織物にふわりと包み込まれる。それはかすかに彼のぬくもりを残している。

「ありがとう。でも弘人さんが寒くなるじゃない」

美咲はちょっと申しわけなくなって襟巻きをそっと押さえる。今度は弘人の首筋が寒そうだ。

「ああ、呉服屋に寄るからいいよ」

弘人はすこし頰《ほお》をゆるめて言うと、歩きはじめる。

美咲は首のまわりだけでなく胸の奥がぽうと暖かくなるのを感じた。

「おいで。こっちだ」

弘人に促《うなが》され、美咲も彼について雪道を歩きはじめた。歩をすすめるたびに、踏まれた雪がぎゅっ、ぎゅっと音をたてる。

しばらく黙って弘人について歩いていると、ふいに視界にふわりとなにかが飛んできた。

「あ……」

美咲ははじめ幻《まぼろし》かと思って目をしばたいたが、立ちどまってよく見るとそれは、青みをおびた一頭の蝶《ちょう》だった。揚羽蝶《あげはちょう》ほどの大きさで、むこうの景色が透けて見えそうなガラスに似た不思議な翅《はね》をもっていた。角度によって鱗粉《りんぷん》が光を放ち、翅が鈍《にぶ》く輝いて見える。

「銀夜蝶《ぎんやちょう》か」

弘人も足をとめて蝶を眺める。

「きれいね。翅《はね》が薄い氷みたい」

「ああ。この土地にしかいないめずらしいやつだよ」

隠り世には銀や光沢《こうたく》をもつ植物や生き物が多いが、たしかにこんな蝶を見るのははじめてだった。自分の知らない生き物がまだまだたくさんいるのだと、美咲はあらためて実感する。

ふと、べつの銀夜蝶が新たに飛んできて、ふわりと美咲の肩先にとまった。

「あたしの羽織を花とまちがえているみたい」

美咲がほほえみ、そのガラス細工のような美しい翅に惹かれてつかまえてみようと手をのばしかけると、

「だめだ。おれたちが触れると溶けて死んでしまう。雪妖《ゆきよう》でさえも、こいつらはつかまえられないんだ」

弘人はその手をとめた。

「体温が高いから?」

美咲が訊《き》き返すのと同時に、蝶はふわりと飛び立ってしまう。

「そう。だから、こうして眺めるだけだ」

弘人はおだやかに言う。それから無言のまま、ふたたび空にひらひらと舞いあがる銀夜蝶を目で追う。二頭の蝶は、くっついたりはなれたりを繰り返してたわむれながら高みへと飛んでゆく。

「ほんとうにきれいね……」

しばしのあいだ、ふたりはならんで白い息を吐きながらそれに見とれた。

小さいもの、弱いものにも情けをかける。弘人がそれをちゃんとあたりまえにできる人であることを知って、美咲の胸にあたたかいものが満ちていた。心を動かすほどのことでもない、ほんのささいなことだとわかっているのに——。

美咲は弘人の貸してくれた襟巻きにもう一度そっと触れながら、こういう小さな優しさに、

自分はすこしずつ惹かれていったのかもしれないとひっそり思った。

それから十分ほど雪道を歩いて、子ノ分店に着いた。

分店の造りはどこもおなじだ。裏町側の入り口だったが、あらかじめ連絡がいっていたようで錠《じょう》がはずされていた。

「やあ、遠路はるばるようこそ」

事務室になっている店内奥の座敷でふたりを迎えた中年の店主は、そう言って頭をさげた。

「どうも。監視方の代理で参りました。ちょっと、私用も兼ねてますが」

「は。伺《うかが》っております。若様直々《じきじき》、ご苦労さまでございます」

子ノ分店店主は再度、うやうやしく頭をさげた。美咲はそこで、弘人が定期見回りの任務も兼ねてここへ来たことをはじめて知った。

「そちらは酉《とり》ノ分店の――」

店主は美咲に目をうつす。

「はい。美咲といいます」

以前、会合で顔をあわせているはずだが、中年の男性はみな似通った印象なのであまり記憶に残っていない。

その後、弘人は小ぶりの座卓を挟んで店主から最近の区界内のようすを聞いた。

美咲も一緒に弘人の隣に座って、この土地柄《とちがら》についてのあれこれを聞きかじることになった。区界内で勃発《ぼっぱつ》している鬼族と白虎《びゃっこ》と雪妖の縄張り争い、その軍資金となる〈惑イ草《まどいぐさ》〉の密売の横行《おうこう》、等々。本腰を入れれば多少なりとも改善しうるものもあるのだが、住民たちはもはやこの秩序《ちつじょ》の乱れた環境に慣れてしまっているので、下手《へた》に波風立てるよりも黙って見過ごしているのだという。

「おい、ちょっと」

ひとしきり話したあと、店主は立ちあがって、レジにいた店員をひとり呼びつけた。

美咲とおなじくらいの年頃の少年が返事をして事務室のほうにやってくる。

「おまえ、もうそろそろあがる時間だろう。この方たちを宿に案内してやってくれ」

店主は命じた。それから美咲たちにむきなおり、

「こいつは雪妖の佳鷹《よしたか》。見てくれはこのとおり優男《やさおとこ》だが〈惑イ草〉の検挙率は随一《ずいいち》の凄腕《すごうで》だ。使ってやってください」

少年の肩に手をおいて紹介する。

「佳鷹です、よろしく」

少年が弘人と美咲を見て挨拶《あいさつ》をした。目元がすっと整った華奢《きゃしゃ》な美少年で、無造作にひっつめた髪型のせいで中性的な印象を受けた。雪妖のために肌は透けるように白い。

「行きましょうか。ここから十分くらいで着きますよ」

佳鷹は愛想《あいそ》よく言って、ふたりを裏町に繋《つな》がる襖のほうへと導いた。彼はすでに、美咲たちがどういう客なのかを心得ているようだった。

裏町に入ると、佳鷹は束《たば》ねていた髪をほどいた。顎《あご》の下ほどの位置で切りそろえられた髪が、まばゆいばかりの白金に色を変えてさらりとひろがる。瞳の色も黒から灰色になり、一変して雪妖らしい容貌になった。

「変化《へんげ》してたのね？」

美咲はその透明感のある美貌にすこしばかり見とれながら問う。

「ええ、これじゃあちょっと目立つので、勤務中だけ化《ば》けてます。子ノ分店の雪妖はみんなそうですよ」

佳鷹はうっすらとほほえんでみせる。清楚《せいそ》な百合《ゆり》の花を思わせる、ほんとうに男にしておくのは惜しいような美少年である。この柳腰《やなぎごし》で悪に手を染めた屈強な妖怪どもを縛《しば》りあげてきたというのはいまいち信じがたい。

「天地紅組《てんちべにぐみ》って知ってるか？」

弘人が話題を変えてたずねる。

「ええ。ここらじゃよく知れた、極道《ごくどう》の一派です。枝の連中ならそこらにごろごろしてますね」

「極道って……ほんとにやくざなの？」

美咲は弘人にたずねる。

「縄張り争いを盛大にやってる妖怪集団のことをいうんだよ。まあ、現し世のやくざも似たようなもんだけど。酒天童子《しゅてんどうじ》なんかも大昔はそっち系だった。現し世に残ってる京であばれた記録はその名残《なごり》だ」

「へえ、そうなの」

現し世にまで手をひろげるところがすごい。元やくざと言われればたしかにそういう雰囲気《ふんいき》をもっている男ではあるけれど。

西ノ区界ではあまり幅を利《き》かせている者がいないのか、その手の妖怪が絡んだ事件はほとんど聞いたことがない。先ほどの〈惑イ草〉密売の話といい、遠野はどうも不穏《ふおん》な土地だ。

「この大路《おおじ》沿いの賭場《とば》に行けば組頭《くみがしら》の顔を拝《おが》めるかもしれない。胴元が天地紅組なんで、ときおり出入りしているようです」

佳鷹が指をさして教えてくれる。

「提重《さげじゅう》に〈惑イ草〉の密売をさせてるって聞いたよ」

「ええ。そんな噂《うわさ》もありますね」

「囮《おとり》捜査をしてみようと思うんだ」

相談するようなかたちで弘人は佳鷹に告げる。

「若旦那ならまだ面《めん》が割れていないからいいかもしれない。おれがしてみたときは、はずれでした。ほかの連れも何度か客を装《よそお》って呼んでますが、奴《やつ》らもなかなか尻尾《しっぽ》を出しません。まあ口八丁手八丁《くちはっちょうてはっちょう》でうまく丸め込まれてしまってるような気もしますが。……若旦那《わかだんな》も気をつけてください。雪国の女は意外と情が深くてかわいらしいんですよ」

佳鷹はちょっと困ったような複雑な表情で言う。

「でも体は冷たい。そうだろ？」

「経験がおありで？」

「いや、話に聞いただけだよ。抱いて一晩過ごすと朝には凍死しそうになるって。興味はあるが、正直おれはそそられない」

弘人がまじめに返すと、佳鷹は苦笑しながら納得した。

提重とはなんなのか美咲は気になったが、男同士の会話に水をさすようで気が引けたので黙っていた。

滞在することになっている宿は、街道筋をすこしそれたところにある風格の漂う老舗《しにせ》の旅籠《はたご》屋《や》だった。門をくぐると雪よけした飛び石で玄関まで導かれ、左右には雪化粧の庭園がひろがっている、数奇屋《すきや》造《づく》りのしっとりとしたたたずまいだ。

弘人が帳場で番頭と会話のやりとりをしているあいだ、美咲は玄関で佳鷹とふたりきりになった。佳鷹はやにわに袂《ふところ》から煙管《きせる》入れを取り出し、煙管に葉をつめてマッチで火をつけた。

「煙草《たばこ》を吸うの？」

「うん。おれのひそかな楽しみだ。店は禁煙だから勤務中は吸えない」

そう言って佳鷹はとても満ちたりた顔で煙管を吸う。彼が煙を吐き出すと、じきに霊酒《れいしゅ》に似た甘い香りが漂いはじめる。いつか嗅《か》いだことのある、異界の煙草の香りだ。

「あれが本店の若様か。素敵な方ですね。一見くつろいでいるように見えるけど、その実、まったく隙《すき》がない」

佳鷹は弘人のうしろ姿を見ながら感心したように言った。

妙な褒め方ではあるが、ここ数日で美咲が弘人に抱いた人となりもそんな印象だった。わずかの顔見せだけでよく見抜いたものだ。そういう佳鷹も隙がないタイプなのではないかと美咲は感じた。

「きみは、酉ノ分店の半妖怪の跡取り娘だろう。名前は、ええと——」

「美咲です」

「そう。美咲だ。店長が言ってた。〈御所《ごしょ》〉の会合で見かけて、かわいい子だったって。春に『高天原《たかまがはら》』の事件を片づけたのもきみなんだろ。一度会ってみたいと思っていたんだよ」

会えてうれしいといった顔つきで佳鷹はほほえむ。

「『高天原』……大変な事件だったけど、なんだかなつかしいわ」

過去の妄執《もうしゅう》にとらわれた二匹の鬼が起こした事件をきっかけに、麻薬犯罪の温床《おんしょう》となっていた巳《み》ノ区界にある妓楼《ぎろう》『高天原』が取り潰《つぶ》しとなったのだ。

佳鷹は弘人の方を眺めながら、ゆっくりと大きく煙を吸い込んで煙草を味わっている。

その貪欲《どんよく》な吸い方を目の当《ま》たり《あ》にして、ふと美咲の中で彼に対する印象がかすかに変わった。見かけは儚《はかな》げで優美だが、屈強な狼藉者《ろうぜきもの》をお縄にしてきたというのだから、中身はやはり男らしく剛健なのだろう。真鍮《しんちゅう》の雁首《がんくび》に彫り込まれたいかめしい龍が、妙に美咲の目に焼きつく。

「あなたはいくつ？　裏町暮らしなのよね。橘屋に勤めてもう長いの？」

「十九だ。働きはじめて四年くらいになる。店内の仕事より〈惑イ草〉の取り締まりをやらされることが多いんだけどな。仕事のないときは家で錺《かざり》をつくってる。地味な仕事だけどけっこう実入りがいいんだ」

「錺？」

「ああ、簪《かんざし》のことさ」

佳鷹は吸い込んだ煙草の煙をすうと細めて虚空《こくう》に吐き出す。

「そうなの。手先が器用なのね」

錺職人とは意外な面をもっているものだと美咲はひそかに感嘆《かんたん》した。

「あの人はきみのところに婿《むこ》入《い》りするんだろう？」

佳鷹は弘人を見やったまま言う。

「ええ……実はもう結婚したらしいんだけど、あたし、彼に関する記憶がないのよ」

美咲はなんとなく聞かれるままに答えた。

「記憶が？」

柳眉《りゅうび》をあげて驚く佳鷹に、美咲は頷《うなず》いてみせた。

「だからあまりうまくいってないっていうか、これから先どうなるんだろうって……」

漠然《ばくぜん》と抱いている不安がつい口をついて出てきてしまったが、初対面の相手に話すことではなかったと思いなおし、美咲は話題をすこし変えた。

「凍らせ屋のことを知っている？」

「ああ、記憶の操作を商売にしてる女だ。天地紅組の頭《かしら》だよ。もしかしてそいつにやられたか？」

「ええ、その可能性が高いの。それであたしも遠野に来たんだけど——」

そこまで話しかけると、弘人が仲居《なかい》をともなって戻ってきた。

「おまたせ。部屋に行こう。おまえは家に帰ってくれ。ありがとう。おつかれさん」

弘人が佳鷹のほうを見て礼を言う。

「彼女、凍らせ屋にやられたって聞きましたが……」

佳鷹が煙を吐きだしながら言うと、弘人はかすかに咎《とが》めるような色をはらんだ目でちらと美咲を見た。

話してはいけないことだったのだろうかと不安がよぎり、美咲はすこしうつむく。

「いやあ、盗《と》られた記憶が若旦那のものとはまた厄介ですね。凍らせ屋の横行《おうこう》もそろそろお縄の対象にしましょうか」

ふたりのあいだの微妙な空気をよんだ佳鷹が、とりつくろうように言った。

「……ああ。〈惑イ草〉のこともあるし、どのみち天地紅組とはひと悶着《もんちゃく》ありそうだ。とりあえず賭場《とば》にでも行って、頭の顔をおがむところからはじめるよ」

弘人は例によって感情を読ませぬ顔で淡々と言った。

「こっちも協力しますから、なにかあったらいつでも言ってください」

佳鷹は子ノ分店を代表しての友好的な笑みを浮かべると、ふたりに別れを告げて家に帰っていった。

2

案内された和室で荷物を解《と》くと、じきに日が暮れた。

ふたりで過ごすには広すぎるくらいの、ゆったりとした十二畳間《じょうま》だ。

床《とこ》の間《ま》の一輪挿《いちりんざ》しは見たことのない異界の花。掛《か》け軸《じく》は見事な筆運びの山水《さんすい》の水墨画《すいぼくが》。掃き出しの窓をからりと開けると、雪化粧の庭が見えた。

「天地紅組《てんちべにぐみ》の頭《かしら》ってのはどんな女なんだろうな」

となりでおなじように外を眺めていた弘人《ひろと》が、ゆっくりと東へ流れてゆく雲を目で追いながら言った。雲の切れ間からは、群青《ぐんじょう》と赤紫《あかむらさきいろ》色をまぜたような隠《かく》り世《よ》独特の夜空がのぞきはじめている。

「兄さんが言っていたんだ。天地紅組は、遠野《とおの》一帯から異種族を排除《はいじょ》しようとしてるんだと」

「雪妖《ゆきよう》だけの国にするつもりってこと？〈惑《まど》イ草《ぐさ》〉に手を出してお金をつくってるのもそのためかしら」

「わからない。一斉《いっせい》検挙以降に新たにできた密売ルートがかならずあるはずだから、できればそれも炙《あぶ》り出してきてくれと兄さんから言われたよ。むしろその仕事を押しつけたくて、おまえの父親の過去についてを詳しく教えてくれなかったのかもしれないけどな」

弘人は計算高い兄の腹を読んで苦笑する。それで彼は監視方の代理として子《ね》ノ分店《ぶんてん》に顔を出したのか、と美咲《みさき》はいまごろ納得した。

その後、食べ慣れない妖怪の懐石《かいせき》料理をなんとか腹に押し込んで夕食をすませ、美咲は弘人と別れて風呂《ふろ》に入った。

風呂は風情《ふぜい》のある石造りの露天《ろてん》風呂だった。

惜しみなく注がれる源泉かけ流しの湯に浸《つ》かり、美咲は手足をのばしてほっとくつろいだ。寒さで凝《こ》りかたまっていた体がじわじわと弛緩《しかん》してゆくのを感じながら、ぼんやりと弘人のことを考える。

さっきは佳鷹《よしたか》に、記憶喪失《そうしつ》についての一件を知られたくはなかったようすだった。私的なことは他人から触れられたくないタイプなのかもしれない。

子ノ分店がひと部屋しか用意してくれなかったので、今夜はふたりきりでおなじ部屋に眠ることになる。弘人がそう頼んだのかもしれない。なんのことわりもなく同室にされてしまったけれど、なにかまちがっているような気がしてならない。記憶はないものの自分たちはもう夫婦なのだから、部屋をふたつとるのもたしかに不自然な気はするのだが。

現《うつ》し世《よ》の旅館ではこうして風呂に入っているあいだに仲居《なかい》が床《とこ》をのべてくれるものだ。こっちでもそうなのだろうか。どんな顔をして弘人に接すればよいのか想像がつかず、美咲はつい長湯をしてしまった。

ふたたび部屋に戻ってきたとき、案《あん》の定《じょう》、布団《ふとん》がきっちりならべて敷かれているのを見て美咲はぎくりとした。

（どうしよう。やっぱり別々の部屋にするべきよ……）

目の前の眺めから連想されることはただひとつで、美咲はひとりで勝手にそんな事態を妄想《もうそう》して尻込《しりご》みした。

弘人はすでに部屋にいた。広縁《ひろえん》にいて、窓から外を眺めている。

「どうした？」

美咲がいつまでも入り口に立ったまま固まっているので、弘人がけげんそうに振り返った。

「あの……、布団がちょっとくっつきすぎかな、と……」

美咲はそれを正視できないまま、ばつが悪そうに言う。

「ああ、心配するな。ちゃんとはなれて寝るし、絶対になにもしないよ。約束する」

美咲の心境を察したらしく、弘人がまじめに返す。

安心できる表情だったので、美咲は多少申し訳ない気持ちになりつつもほっとした。そもそもあの夜以来、彼が美咲に手を出すようなまねをしたことはただの一度もない。

「なにを見てたの？」

ようやく部屋に足を踏み入れながら美咲は問いかけた。

「提重《さげじゅう》を呼んだ。もうじきここに着くよ」

「提重ってなに？」

たしかここへ来るときに、佳鷹との話題にのぼっていた。

「色を売ってる女だ。三人で楽しもうと思って」

無表情でさらっと弘人が言うのでうっかり聞き流すところだった。色を売っている女、つまりは娼婦《しょうふ》である。提重というのは、正しくはその女がもち歩いている提重箱のことをさす。表向きはそこに入れてある菓子や小間物《こまもの》を売る格好だが、実際には春を売って歩く私娼《ししょう》なのだ。

「あ、あたしやっぱり帰る……」

美咲は二、三歩後ずさり、動揺を隠せない面《おも》もちで言う。娼婦を呼び込んで三人でなにを楽しむというのか。さっきと言っていることがちがうではないか。

「待てよ。なにもいかがわしいことをして楽しもうっていうんじゃない。仕事だ」

美咲の過剰《かじょう》な反応をすこし笑いながらも、弘人はきっぱりと言った。

「さっき佳鷹と話してただろ。提重が客に〈惑イ草〉をあっせんしてるって噂《うわさ》があるから、客を装《よそお》って買ってみるんだよ。うまく証拠を押さえられれば、天地紅組の悪事が暴ける」

「そ、そうなの。ならいいけど」

たしかに佳鷹とそれらしい会話をしていた。美咲は、彼もここへは遊びに来ているわけではないということを思い出して、なんとか気をとりなおした。

「恋人のふりをするから、おまえもてきとうに相槌《あいづち》うって芝居をしてくれ」

「う、うん。わかったわ」

自分たちは恋人どころか夫婦なのではなかったのかと複雑な思いを抱えたまま、美咲は言われたとおり、布団の上にちょこんと座って提重とやらを待った。

そうこうしているうちに部屋の戸が軽く叩《たた》かれ、件《くだん》の女がやってきた。

緊張気味の美咲に目配せしてから、弘人が戸を開ける。

「こんばんは、『布袋屋《ほていや》』のみふねでェす」

ばかに軽やかな女の声がする。

「どうも」

弘人が応じる。

「あら、いい男」

弘人を一目見た女が、その男らしく整った容姿ににわかに気色《けしき》ばんでしなをつくる。

派手な柄《がら》ゆきの着物にテンの襟巻《えりま》きを巻いた、すらりと背丈《せたけ》のある女だった。目もとを彩《いろど》る化粧は原色でけばけばしく、話に聞いていたとおり提重をもっている。

「先客ですか？」

部屋の奥に美咲の姿を見つけた女は、やや神経質に片眉《かたまゆ》をあげて問う。

「ああ、おれの女。ぜひとも色事の手ほどきを受けさせたくてさ。……入れよ」

弘人は芝居にしてもずいぶん手慣れたようすで女を部屋に招き入れる。

女は弘人よりも先に図々しく上掛けをはいで、敷布団の上におさまった。

「今日はどちらからいらしたの？　いっつも常連の狒々爺《ひひじじい》の相手ばっかで。一見《いちげん》の客なんてひさびさだから楽しみだったんですよ」

「戌《いぬ》ノ区界《くかい》から」

弘人がでたらめに答える。

「旦那《だんな》はなんの妖怪なの？」

「カマイタチ」

「へえ。獣型《けものがた》は好きよ。そっちは……まあ、なんだか無垢《むく》でかわいらしい娘さんじゃないですか。あんたはなんの妖怪なのよ？」

女が近寄ってきて、興味津々《しんしん》に顎《あご》に手をのばしてきたので、美咲はびくりと身をこわばらせた。女からたちのぼる、甘ったるい香水の匂《にお》いが鼻先をくすぐる。

「おれとおなじだよ」

美咲のとなりに腰をおろした弘人が、委縮《いしゅく》する彼女の肩を女からかばうように抱きよせる。

いきなり弘人の態度も親密になったので、どきりと美咲の鼓動《こどう》がはねた。

芝居なのだからと言い聞かせるものの、浴衣《ゆかた》ごしに男らしい彼の体を感じて内心ひどく狼狽《ろうばい》する。

「まだ初心者なの？　まあすっかり固まっちゃって初心《うぶ》だこと。こんないい男が相手ならなにも心配いらないじゃない。力抜いて抱かれてりゃ、すぐに昇天させてもらえるわよ」

きわどい会話を強《し》いられて美咲は思わず眉《まゆ》をひそめる。

「もうさ、アレで緊張を解《と》いてやってよ。こいつが思いきり乱れられるように」

弘人が肩を抱く手に力を込め、美咲のこめかみのあたりに唇《くちびる》をよせて、ほとんど口づけるようにして言う。女に目をやったまま、まるで見せつけるようにそれをやるから美咲はどぎまぎした。いったいどこまでが芝居なのかわからない。

「アレとは、これでございますか？」

女は提重を開けて、美咲が目をそむけたくなるようないかがわしい小道具や好色本をガタガタと取り出してみせる。

「ああ、ちがう。おれが言ってるのはそういうのじゃなくて、もっとスゴくてやばいやつ」

女は小首をかしげる。

「なんのお話でしょうか」

「だから、おまえがもち歩いてる物のうちで一番刺激があって、桃色の象が見えたりするアレの話だよ」

「ははあ。桃色の象が見えたりするアレでしたら、あいにくあたくしはもっておりません」

女はかぶりをふってシラを切る。

「とぼけなくてもいいよ、べつに密告する気なんかないんだからさ。どうせ袂《たもと》や帯の隙間《すきま》なんかに隠しもってるんだろ」

「あんなものどこにも隠しちゃいませんよ。なんなら裸になって見せましょうか？　こっちはそのつもりで来てるんだし」

女はそう言って袖口《そでぐち》を下にむけ、そこが空《から》であることを示したあと、帯締めに手をかけて着物を脱ごうとする。

「脱ぎたきゃどうぞ」

弘人が促《うなが》す。

「え、ちょっと……」

弘人の言葉を受けて、女が平気でするすると小袖を脱ぎはじめるので、美咲はあわてた。

「どう？　あたくしの体は。そっちのお嬢さんよりずっと熟《う》れてて魅力的でござんしょ？」

肌襦袢《はだじゅばん》一枚になってしまうと、女は平気で前をひろげて裸を見せつけながら言った。

あけすけな女だ。仕事がら、人前で裸になることなど、どうということはないのだろう。

「ほんとうにもってないみたいだな」

弘人は美咲の肩を抱いたまま、堂々と女の裸を眺める。美咲も見ないふりしてちらと盗み見するが、女の美咲から見ても豊かで魅力的な体をしていた。

「だから、さっきからそう申しているじゃない」

女はあきれ気味だ。

「もうしまっていいよ。『布袋屋』の元締めは天地紅組の舎弟《しやてい》だよな？」

弘人は女の裸には興味なさげに軽くため息をつくと、口調をあらためてたずねる。美咲の肩を抱く手もはなした。なれなれしい態度も芝居のうちだったようだ。

「そうですけど？　うちの親分が密売にからんでるとでも言いたいの？」

女は仁王《におう》立《だ》ちのまま、腰に手をやって怒ったように言う。

「それ以前に、天地紅組はやっぱり〈惑イ草〉で商売をしてるのかって聞きたいんだが」

弘人はさりげなく問題をすりかえる。

「さあね、あすこは昔、一度痛い目見てるし、いまは金貸し業とみかじめで十分に潤《うるお》ってるから、もうそんなやばいモンに手は出してないんじゃないのかい。ひとり商《あきな》いで、うまいこと小《こ》遣《づか》い稼《かせ》ぎしてる子もあたくしの仲間うちにはいますけどね」

みかじめとは、店屋や旅籠《はたご》などが組にお守《も》りをしてもらうかわりに支払う上納金のようなものだ。

「〈惑イ草〉が出まわっているのは事実みたいね」

美咲がこそっと弘人に言う。

「なんなのあんたら、こんなつまらない話をするためにあたくしを呼び出したの？」

「そういうわけじゃない。ただの興味だよ。もうちょっとなんか教えてくれよ、花代《はなだい》、倍払ってあげるからさ」

「倍だって？」

弘人が言葉巧《たく》みにねだると、女は目を輝かせた。

が、その後しばらく話を続けてもこれという手ごたえはえられなかった。よく喋《しゃべ》る女で、隠していることもぽろりとこぼしそうな雰囲気《ふんいき》だったのだが、それらしいことにふれても首をかしげるばかりだ。

そのうち話題が遠野の郷土料理や客の愚痴《ぐち》など、どうでもよいことばかりになってきたので、弘人は無駄話につきあう気はないとばかりに話を切りあげ、金を握らせて女を帰した。

提重の女がいなくなってしまうと、美咲は弘人と部屋でふたりきりになった。

「あの人の口ぶりだと、天地紅組は〈惑イ草〉密売にはかかわってないみたいだったわ」

「ああ、番頭におれたちの素性《すじょう》は伏せておくように言っておいたから、完全なぬきうちのはずだったんだが。……シロだったな」

弘人はどこか腑《ふ》に落ちないようすで言う。美咲にも女が芝居をしているふうには見えなかったが、単なる噂だと結論づけるにはまだはやいような気がした。

ふと、沈黙が落ちる。いつもの気まずい——少なくとも自分はそう感じている空気が流れはじめて、美咲は固唾《かたず》を呑《の》んだ。

弘人は畳《たたみ》のところに立て膝《ひざ》でなにか考え込んでいるふうだが、あいかわらずその内容まではつかめない。もちろん天地紅組のことだろう、そうでしかありえない。にもかかわらず、美咲の頭の中ではべつな想像が不安とともにふくらんでゆく。

（ふたりきりになって、次はどうするの、あたしたち……？）

さきほどの芝居が影響しているのか、妙な焦《あせ》りで鼓動がはやくなる。女がいてくれたほうが、かえってよかったくらいなのではと美咲が思っていると、弘人がだしぬけに立ちあがった。

美咲はびくっと肩をゆらす。

「おれはいまから賭場《とば》に行ってくるから、おまえは先に寝てろ」

弘人はそう言って、衣桁《いこう》に引っかけてあった襟巻きを手にする。

「賭場？」

予想外の展開に、ほっと体の力が抜けた。

「ああ。佳鷹が教えてくれただろ。天地紅組の頭がいるのなら会ってみたい。おそらくそいつが凍らせ屋で、おまえからおれの記憶を取った犯人なんだ」

「じゃあ、あたしも一緒に……」

美咲はとっさに腰を浮かせかけた。が、

「いや、いいよ。時間も遅いし、おまえみたいな女が出入りするところじゃないから」

柄の悪い妖怪がたむろしているから、からまれると厄介《やっかい》なのだと弘人はとめた。

美咲は迷ったが、博奕《ばくち》関係の場所というと、たしかに現し世でも俗悪な印象がある。もう夜だし、弘人の足手まといになってもいけないので、言われたとおりおとなしく宿に残ることにした。

3

夜気はいっそう冷えていた。

頭上には、群青色《ぐんじょういろ》と赤紫《あかむらさき》がまざりあった異界の空がひろがる。雲はすっかりと晴れて、昼間の曇天《どんてん》が嘘《うそ》のようだ。

大路《おおじ》沿いの店は開いているがどこも閑古鳥《かんこどり》が鳴いており、すれちがう妖怪も数えるほどしかいなかった。夜が来たからといって賑《にぎ》わう土地でもないようだ。

弘人《ひろと》は天地紅組《てんちべにぐみ》のことを考えるのに飽きると、部屋を出る前の美咲《みさき》の態度を思い出して雪道を歩いた。

ずっとこっちを警戒していた。もともと自分から誘ってくるようなタイプではないが、強引にでも好意を示せばわりとすぐに馴染《なじ》んで甘えてくる女で、そういう素直さが好きだった。

（いまはちょっとちがうな……）

一見ふつうだが、肝心《かんじん》なところに固い拒絶がある。むこうから愛情を求めてくる気配がまったくない。ほかでもない、この自分に対してだけそうなのだから性質《たち》が悪い。

芝居にかこつけて抱いた細い肩。自分の懐《ふところ》にありながら、あんなにも彼女を遠く感じたことはない。まるで他人の女に触れているようだった。

弘人は白いため息を吐き出した。

いつまでこの微妙な距離感に耐えられるのだろう。いい加減いやになる。おなじ部屋で寝泊まりするのだから、明朝には着物の着つけくらいやらせるつもりだったが、あの警戒ぶりを見ていると言いづらい。

ほんとうはさっさと自分のものにしたいくせに、よくこんなまどろっこしい関係を保っていられるものだ。黙って平常を装《よそお》っている自分が意気地《いくじ》なしのように思えて嗤《わら》ってやりたくなる。

（……実際、おれはどうなんだ？）

美咲に拒《こば》まれるのを恐れてなにもできないでいるのだろうか。

いや、ちがう。大事にすると約束したのだ。幸せにしてやるとも——。

自分を忘れてしまった彼女にとっての幸せがなんであるのか、いまとなっては正直疑問だが、手を出してこっちの気持ちを押しつけることは、おそらく彼女の負担になる。だからいまはこうして、おとなしく彼女の記憶を取り返すのに尽力《じんりょく》するだけだ。

そうして固くなった雪を踏みしめてつらつらと美咲のことを考えていた弘人だったが、賭場《とば》に着いたので頭を切り替えた。


雪下駄《ゆきげた》を脱いで框《かまち》をあがると、二間《ふたま》をぶち抜いたほの暗い座敷《ざしき》に、賭博《とばく》に興《きょう》じる柄《がら》の悪い男どもがひしめいていた。安い酒の匂《にお》いと煙管煙草《きせるたばこ》からたちのぼる紫煙《しえん》で空気はよどんでいる。

「さあ、張った、張ったァ」

勝負を煽《あお》る威勢《いせい》のよい口上《こうじょう》が耳を打つ。むかって右手の隅で、丁半賭博《ちょうはん》が行われていた。サイコロの出目の合計が、奇数になるか偶数になるかを予想する単純な賭《か》けである。

白い張り台のうえにずらりと張られた木札《こま》。

壺《つぼ》ふりをつとめているのは、白金の髪を結いあげ、濃紫《こむらさき》の口紅《くちべに》をひいた雪女《ゆきおんな》だ。右頰《みぎほお》に刃物で受けたような古い傷がある。

（これが天地紅組の組頭《くみがしら》か……？）

目鼻立ちはきりりと整い、美人の部類に入るだろう。粋《いき》で品のよい着物を着ており、片肌を脱いでいる。露《あらわ》にした肩先から胸元にかけて、威容《いよう》を誇る美しくも艶《あで》やかな刺青《いれずみ》がひろがる。描かれているのは牡丹《ぼたん》に鳳凰《ほうおう》。均整《きんせい》のとれた女の体にこれまたよく映《は》えている。

そのむかいには、勝負を取り仕切る中盆《なかぼん》役の男が座っている。

弘人が座敷の真ん中で酒盛りをやっている連中に割り込むかたちで座ると、女がちらと弘人を見た。

冷涼《れいりょう》な感じのする灰色の瞳《ひとみ》と一瞬、視線がからむ。組頭などしているだけあって、どことなく人目をひく強さを漂わせている女だ。

「ほかに半方ないか、半方――」

『半』に賭ける客が少ないので、中盆が賭け客を急《せ》かすようにつのる。丁半の木札《こま》をおなじ数にそろえるのが定石《じょうせき》である。

ぽつりぽつりと『半』を示す縦置《たてお》きの木札が増え、丁半がかろうじて出そろう。

「丁半コマそろいましたァ」

中盆が言うと、壺ふりの女が「勝負っ」と言って盆ゴザの上に押しつけていた壺を開け、

「イチロクの『半』！」

出目を声高《こわだか》に告げた。女にしては深みと艶《つや》のある声が心地よく耳に残る。

中盆が出目を繰り返して告げると、舌打ちやら、歓声やらで座がひとしきり沸《わ》いた。

美咲は、記憶を奪った女の顔には傷があると言っていた。賭場に顔を出すという天地紅組の組頭がこの女なら、凍らせ屋は彼女にまちがいはない。

弘人は酒を飲んでいる男どもにまじって、しばらく女を観察することにした。

丁半賭博はその後もしばらくとどこおりなく続いたが、夜半過ぎになってお開きとなった。

女は腰をあげて中盆役の男を引き連れて帳場のほうにむかう。退散するつもりだろうか。

弘人の勘繰《かんぐ》るような視線には気づいていたらしく、女は去り際《さぎわ》にすました一瞥《いちべつ》をくれた。

追ってみようとも思ったが、今夜のところはここまでと決めて、その後は聞き込み調査にうつった。

弘人は、壺ふりの女が賭場から出ていったのを確認してから、まわりの男どもにその素性をたずねてみた。

「あれは天地紅組の組頭の椿姐《つばきねえ》さんだよ。あの傷がいいだろ」

むかいの男が野卑《やひ》な笑みを浮かべながら、女の右頬にあった傷の位置をまねてなぞってみせる。

「凍らせ屋の異名をもつ女？」

「ああ、そうさ。依頼人にとって不都合な記憶を引っこ抜いて都合よく人を動かす。そういうのが必要なやつはけっこういるらしくてな、あとで法外な金を請求して大儲《おおもう》けよ」

「本業の金貸しのほうは？」

「うまくやってるんじゃねえか？　この鉄火場《てつかば》や、抱《かか》えてる旅籠《はたご》なんかも客の入りはいい。天地紅組はいまあの姐御《あねご》の采配でかなり繁盛《はんじょう》してるぜ」

男たちがやっかみ半分の顔で言う。

やはり、あれが凍らせ屋――美咲から自分の記憶を奪った憎き女なのだ。佳鷹《よしたか》の言うとおり、凍らせ屋という商売はたしかに成り立っているらしい。

「『布袋屋《ほていや》』って水茶屋《みずぢゃや》が抱《かか》えてる提重《さげじゅう》から〈惑イ草《まどイぐさ》〉を手に入れられるって聞いたんだが」

弘人は話題を変える。〈惑イ草〉に関しての聞き込みは橘屋《たちばなや》としての仕事だが、美咲の記憶のことであの女と接触するにしてもひとつ弱みを握っておいたほうがやりやすい。

「ああ、あそこから買ってるやつは多いね。あんたもやるのかい。一回手ェつけるともう病《や》みつきになっちまってドツボにはまるぜ？」

男はその苦い経験を語るかのように顔をしかめる。

「それは天地紅組が捌《さば》かせてるのか？　『布袋屋』は天地紅組の息がかかってる店だよな？」

弘人はたずねる。

「さァな。そこまではわからねえ。みかじめを払いきれなくて『布袋屋』の親分が個人的に〈惑イ草〉に手ェつけてるって噂《うわさ》もある」

「提重たちはなんでつかまらないんだ？」

ここまで安易に情報が出まわっているのにもかかわらず証拠が押さえられないというのも妙だ。事実、今夜の提重もシロだったわけだが。

「さあ、橘屋の囮《おとり》捜査が入るときには事前に情報でも入る仕組みになってるんだろうさ」

男が酒瓶《さかびん》をかしげながら首をひねると、となりにいた別の男が言った。

「店員で便利なのがいるのさ。ずいぶん昔からだよ。天地紅組がやばいことしてもパクられねえのはそいつのおかげだって」

弘人はぎょっとする。橘屋の中に天地紅組と通じている者が存在しているということになる。

「その店員てのは子《ね》ノ分店《ぶんてん》のやつなのか？」

「ああ。名前までは知らねえけどな。噂がくすぶりはじめたのは、ちょうど天地紅組の城が遠《とお》野《の》に建ったころぐれえからだ。〈惑イ草〉の売人《ばいにん》が、取引現場を橘屋の店員に密告して押さえさせて、客から巻きあげた罰金を、こんどは裏でその店員と山分けして私腹《しふく》を肥《こ》やしてるんだとかでな」

橘屋の店員でありながらそんな悪事に手を染める輩《やから》がいるとは信じがたい。

「売人のほうはたしかに天地紅組の妖怪だったのか？」

弘人はふたたびたずねる。天地紅組が〈惑イ草〉にかかわっているというのはまちがいないようだ。しかし男は喋《しゃべ》りすぎたことに怖気《おじけ》づいたようで、

「ちょいと、コレあくまで噂だから」

苦笑しながら言う。また、それ以上のことは知らないらしく、その後、問いかけに対するかんばしい答えはなにも返ってこなかった。

ほかにも天地紅組に関する情報を求めて別の男たちに話題をふってみると、俠客《きょうかく》ならではのそれらしい小話がいくつか返ってきたが、〈惑イ草〉密売に関する具体的なことはなにもつかめなかった。

それから安い酒をつきあいで軽く飲んで、弘人は明け方に宿に戻った。

4

翌日。

美咲《みさき》は、まだ寝ている弘人《ひろと》を宿においていて、ひとりで子《ね》ノ分店《ぶんてん》にむかった。

天地紅組《てんちべにぐみ》の頭《かしら》が、自分から記憶を奪った雪女《ゆきおんな》である可能性が高いため、組のことでなにか情報は得られないだろうかと考えていた。

「うーん、組のことを知りたいのなら、ちょっと前に足を洗った男の知りあいがいるけど。そいつに会ってみる?」

客のいなくなった隙《すき》をねらって店員にたずねてみると、たまたま品出《しなだ》しをしていた二十歳《はたち》すぎくらいの、那智《なち》という名の雪妖《ゆきよう》が教えてくれた。細身で短髪の、さばさばした感じの店員だった。

「その妖怪はどこに棲《す》んでいるんですか？」

「子ノ区界のはずれだよ。沿岸部にある麦蕎麦屋《むぎそばや》の主《あるじ》なの。マシな抜け道がないからちょっとたどり着くまでに時間がかかるんだけど、もし行ってみるなら地図書いてあげるよ」

「那智さんはその人と、どういう関係なの？」

美咲が気になってたずねると、

「あはは。……すこし前までその男といい仲だったのよ」

那智はすこし恥ずかしそうに言って笑う。

美咲は、組頭《くみがしら》に関して具体的になにかつかめるかもしれないと思い、さっそく足をはこんでみることにした。


那智の言ったとおり麦蕎麦屋まではまともな抜け道がなく、美咲は妖狐《ようこ》の姿になって走ったり、迷って地図を見なおしながら徒歩ですすんでみたりを繰り返して、三時すぎほどになってようやく目的地にたどり着いた。

おなじ子ノ区界でも、沿岸の区域になるそのあたりは遠野《とおの》ほど雪がなかったし、空もからりと晴れていた。

（雪国なのは遠野の周辺だけなのね……）

美咲は、それでも初夏というにはすこし肌寒いような気候を体感しながら思う。

麦蕎麦屋は、街道筋にある小ぢんまりとしたたたずまいで、夜時間にそなえてまだ閉まっていた。眠っている亭主《ていしゅ》を起こすのも気が引けるので、美咲はとなりの商《あきな》い中の甘味処《かんみどころ》で、休憩がてら日暮れまで時間をつぶした。

宿においてきた弘人のことが気になった。

今朝は気づいたらとなりの布団《ふとん》に彼が眠っていた。明け方に戻ったばかりの寝入りばなだったのか、身支度《みじたく》をするくらいの小さな物音では彼は目を覚まさなかった。

天地紅組のことを探ってきます、と書き置きをひとつ残して出てきたのだが、目覚めたらいきなり自分がいなくなっているのだから、彼は驚くかもしれない。

しかし、記憶を取り戻しに来たのに、夜通し聞き込み調査をしていた人と一緒になって昼までごろごろしているわけにもいかない。


午後五時くらいになると、街道筋のいくつかのお店《たな》がのれんを掲《かか》げて商いをはじめた。

麦蕎麦屋も、中から小働きの年若い女が出てきて『商い中』の札《ふだ》をさげていった。

美咲はただちに店にむかい、麦蕎麦を注文してから、あとで亭主に話があることを小働きの女に告げた。まだたいして客も入らない時間帯だから話を聞くくらいかまわないだろう。

「へーい、おまたせ。ここの主だ」

美咲が食事を終えるころあいを見計らったように、二十歳をいくつか過ぎたくらいの、前掛け姿の似あわない男があらわれた。

身軽そうな雰囲気《ふんいき》は劫《めぐる》にすこし似ているが、さらに躍動感がみなぎって精悍《せいかん》な感じがただよう。肌は日に焼けてほんのり小麦色で、この寒々とした風土の子ノ区界にそぐわない晴れやかな健康優良青年である。

「あ、わたし橘屋《たちばなや》の酉《とり》ノ分店の者ですけど。ちょっと現役時代の話を聞かせてほしいの」

美咲はざっくばらんな感じで話しかける。

亭主は一瞬、過去を知っているようすの美咲に顔をこわばらせて警戒したが、馴染《なじ》みだったらしい子ノ分店店員の那智の名を出すと気をゆるして、むかいの席に座ってあれこれ喋《しゃべ》りはじめた。

亭主は十一歳で組に入り、その後十年間縄張り争いに明け暮れて、いまから四年前に足を洗ったのだという。組頭の椿《つばき》のことをたずねると、

「先代が一斉《いっせい》検挙のときに死んで、それから椿の姐御《あねご》が組を継いだ。姐御が十《とお》ぐらいの頃だな。いまじゃこの界隈《かいわい》でその名を知らねー妖怪はいねえけど、当時はおれと変わらねえ洟《はな》ったれの小娘だったよ。姐御はひとり娘で、まあ、生まれながらに跡目を約された存在だったわけだがな、ほんとうにあんなチビがやっていけるのかって、はじめはみんな腹ン中では疑ってた」

亭主は当時を思い出し、顎《あご》をさすりながら続けた。

たしかにわずか十歳の少女が組織をまとめられるとは思えない。

「ところが椿は、自分の顔に自分で傷こしらえるような、とんでもなく強《つえ》え女丈夫《じょじょうふ》だったんだ」

「自分で?」

美咲はぎょっとする。

「そう。頭が女じゃなめられるからって、顔傷つけて女を捨てたんだよ。その後、領土《シマ》拡大に本腰入れだして、ここ数年でずいぶんと区界内で幅をきかせるようになった」

美咲は、あの頰《ほお》の傷は自分でつけたものだったのかと、ぼんやりと記憶している女の顔を思い出しながら納得する。たしかに、優しげなタイプには見えなかったが。

「子ノ区界ってのはな、ちっと前までは、ちょうど三つ巴《みどもえ》の紋所《もんどころ》みてーに領土《シマ》がきれいに三つに分かれてて、雪妖と白虎《びゃっこ》と鬼族の一派が縄張り争いを繰りひろげてたんだ。この沿岸はいまも鬼族の一派が支配してる区域で、ちょうどその尾の部分にあたる場所だが、姐御が組を仕切るようになってからは、そんな三つ巴もずいぶん崩れちまってな。いまは鬼族も白虎もかなり圧《お》されてる状態だ」

「縄張り争いって、血みどろの肉弾戦かと思ってたけど、そうでもないのね」

意外な事実だった。

「組員どうしの衝突だとそれが基本だが、商人たちが相手となりゃ金で片がつく場合がほとんどさ。みんなおれとおんなじで金が大好きだから、みかじめ料をさげれば案外簡単に寝返っちまうんだよ。そんで三年くれえ前に遠野にでっかい城おったててそこを根城にして。……遠野周辺を雪妖だけが棲《す》みやすい土地につくり変えちまったのはあの女だ。みんな口には出さねーが、これまた腹ン中で思ってることだ」

　実際に雪妖でない妖怪をあの土地ではめったに見かけない。

「姐御の野望はな、先代の遺志《いし》を継いで子ノ区界を統一してぜんぶ雪国に変えることなんだよ」

「雪国に変える……」

　途方もない野望に美咲は呆然《ぼうぜん》とする。異種族の排除も、やはりその一環《いっかん》なのだろう。

「あなたはどうして組をやめたの？」

　美咲がずばりとたずねてみると、

「あー、縄張り争いに血道をあげるのにも疲れたっつうか、飽きがきはじめたところに、女がこれになっちまって。堅気《かたぎ》になってまじめに暮らそうって思い立ったんだよ」

　亭主がなつかしそうに言って、腹を抱《かか》えるまねをしてみせた。子ができたということか。

「〈惑イ草《まどいぐさ》〉密売に関してはなにか知ってる？」

　弘人が探りたがっていた部分だと思い、話題をあらためる。

「さあ。天地紅組は代替わりして以来、〈惑イ草〉からは手を引いたってことになってっからな。おれがいた頃も、組内での取り締まりはけっこう厳しかったぜ」

「そうなの?」

やくざが自《みずか》らがすすんで麻薬を取り締まるというのもまた意外なことだった。

「曲がったことの嫌いな姐御でな。いまはもう、金貸しと旅籠《はたご》経営ぐれえのまっとうな商売しかやってねーと思ったけどな?」

「そういえば一斉検挙のころは、あなたはなにをしてたの? 十二、三歳くらいよね?」

父の過去がなにか見えはしないかと思って、それもたずねてみる。

「いやー、そんな事件もあったけどな。悪《わり》イけど当時のことはおれらみたいな末端の連中にはなんも知らされねーよ。おれはずっと下《した》っ端《ぱ》で、もっぱら他の領土《シマ》の奴《やつ》らと喧嘩《けんか》ばっかしてた」

亭主が申し訳なさそうに頭をなでながら言ったとき、

「父ちゃん、絵カルタ読んでくれよ。陸《おか》にいるときは遊んでくれるって約束じゃねえかよう」

亭主に面差《おもざ》しの似た四、五歳ほどの男の子が店の奥からやってきて、亭主の膝《ひざ》にまとわりついた。

「陸にいるとき? あなた、ここの主じゃないの?」

美咲がけげんそうにたずねる。

「あー漁師も兼ねてるんで。つーか、そっちが本業」

「父ちゃんは如月水軍《きさらぎすいぐん》だ」

息子が得意顔で口をはさむ。

「如月水軍？」

美咲は耳慣れない名を繰り返しつぶやく。それは隠《かく》り世《よ》の東日本の制海権を握る名高い海妖怪の一味だったが、彼女はまだこのとき、そのことを知らなかった。

「ああ。ここは実家で、たまたまいまは陸に戻ってっから店番してるだけだ。……おめーちょっとまってろや、いまお客さんの相手してんだよ」

亭主は息子にむかって言う。

「もう蕎麦食いおわってんじゃねえかよ」

「うるせーよ。もうじき遊んでやっからあっち行ってな、くそガキ」

言葉はきついが顔は笑っている。ほほえましい親子の応酬に美咲の心がほっとなごんだ。

「いろいろ聞かせてくれてありがとう。ごちそうさまでした」

美咲は、日も暮れてしまったので、そろそろ帰ろうと席をたった。

「ああ。またなっ」

亭主はにかりと笑って、あいさつ代わりに片手をあげた。実体は不明だが、ほがらかで人当たりの良い妖怪だ。

「お邪魔《じゃま》しました」

美咲は頭をさげてから店を出た。自分の時間がまわってきたことを喜んだ息子が無邪気《むじゃき》に手を振ってくれたので、こっちもひらひらと手を振り返して店の戸を閉めた。

はっきりしたのは、凍らせ屋の椿が子ノ区界を統一して雪国につくり変えようという野望を抱いていること、それに〈惑イ草〉に手をつけてはいないということのふたつだ。ただしそれが、自分から弘人の記憶を奪うことにどうかかわっているのかまではわからない。

(一度、天地紅組の根城に乗り込んでみるべきね)

極道《ごくどう》の女というと尻《しり》込《ご》みしてしまうのだが、ここは本人に聞くのが一番はやそうである。

あれこれ考えながら宿に戻ると、玄関のところで弘人とばったり会った。

品のある万筋《まんすじ》模様の着流しに羽織姿で、彼も外出していたようだった。

「どこ行ってたんだ。捜したんだぞ」

弘人は言った。無事がわかったせいか、それほど咎《とが》めるような口調でもなかった。

「天地紅組から足を洗った人のところへ行ってたの。いろいろと話を聞いてきたわ」

「ああ、そうか。実はおれもついでにいろいろと探ってきた」

ふたりはそろって部屋にむかいながら、互いの情報を伝えあった。

弘人はゆうべ賭場《とば》で、橘屋の中に天地紅組と繋《つな》がっている者がいるという噂《うわさ》を聞いたので、〈惑イ草〉捜査担当の佳鷹《よしたか》に店員の素性《すじょう》をひととおりたずねてみたのだが、話に聞く限りではこれといって怪《あや》しい者はおらず、見当がつかなかったという。

美咲はその裏切り者がこの地に〈惑イ草〉を卸《おろ》しているかもしれないという事実に仰天《ぎょうてん》した。店員みずからが〈惑イ草〉に手をつけるなど、あってはならないことだ。

元組員といい仲だったという那智が疑わしいところだが、実際うしろ暗いところがあるのなら、自分に男のことを紹介しなかったはずだと美咲は思いなおす。

「麦蕎麦屋の亭主は、過去の一斉検挙以来、天地紅組は〈惑イ草〉には手をつけてないはずだと言っていたけど……？」

美咲は思い出したように言う。

「それは表むきの話なんだろう。おれのほうではちらほらと証言が得られた」

「そうなんだ」

あの亭主は下っ端だと言っていたから、ずっと知らなかっただけなのかもしれない。

窓の外を見あげると、日もとっぷり暮れ、雪雲は晴れて空気の冴《さ》えわたった空に紅蓮《ぐれん》の月が顔を出していた。

「亭主はなかなか明るくて感じのいい人だったわ。これくらいの小さな子供がいて、かわいかった」

美咲は愛らしかった子供の背丈《せたけ》を思い出し、手で示しながらほほえむ。

「そうか」

つられてほほえんだ弘人の声が、ふとまじめなものを帯びる。

「おまえ、あんまりひとりで動くな。ここは酉ノ区界じゃないし、椿って女はなかなかやばそうなやつだ。この先、なにが起こるかわからない」

じっと翡翠《ひすい》色の眼《め》で見られ、美咲はどきりとした。身を案じてくれているのだろうか。

「そ、そうね……」

美咲は目を畳《たたみ》にそらし、緊張した声で返した。思慮《しりょ》深い眼差《まなざ》しに、胸の鼓動《こどう》がはやくなる。

まともに見つめられると、心のすみずみまで読まれるような気がして落ち着かない。

こういう場合、次にはどう反応すべきなのかが思い出せなくて、

「あ、あたしちょっとトイレ」

美咲は逃れるように御手洗いにむかった。

頬《ほお》が熱をもって火照《ほて》っていた。

あのままそばにいたいと思うのに、こんなふうに避けてしまうのはどうしてなのだろうと、美咲は自分で自分がわからなかった。

天地紅組の組頭――椿があらわれたのは、その夜のことである。

第三章　氷の接吻《せっぷん》

1

弘人《ひろと》は、美咲《みさき》と別れてのんびりと露天風呂《ろてんぶろ》に浸《つ》かっていた。

おおぶりの岩をならべた、ひろくて風情《ふぜい》のある岩風呂だ。湯口からは硫黄《いおう》の匂《にお》いをかすかに含んだ熱い湯が白い湯気をともなって滔々《とうとう》と流れ込む。まわりはしっとりと濡《ぬ》れた竹垣《たけがき》に囲われ、外の雪景色を隔《へだ》てている。

と、内湯との出入り口がスッと開いて、水干《すいかん》を着た人型の浴客《よくきゃく》がひとりやってきた。

一目で雪女《ゆきおんな》とわかる白金の結い髪に、灰色の瞳《ひとみ》と濃紫《こむらさき》の口紅《くちべに》。右頰《みぎほお》にある傷で、賭場《とば》にいた女だとわかった。

女は露天風呂の縁《へり》までくると、まぶしいほどに白い素足を、ちゃぷんと片方だけ湯の中につけた。

弘人は目を瞠《みは》った。

ピシリ、と足のまわり三寸ほどの湯水が瞬時に凍る。女はそのまま足を沈め、岩風呂の中に入ってきた。反対側の足をつけたときもおなじことが起きた。

氷は薄いので、女が歩くたびに壊れて湯に溶けてなくなる。ピシリ、ピシリと氷をまとわりつかせながら、彼女は弘人にむかって無言のままゆっくりと歩をすすめてくる。

「あの、ここ男湯なんだけど……」

目の前まで女が来るのを待ってから、弘人はできるだけ平静を装《よそお》って言った。

「ぬしとふたりきりで話すためにわっちが借り切った」

女はそう言って顔色ひとつ変えぬまま、だしぬけに弘人めがけて氷槍《ひょうそう》を繰り出してきた。

氷でできた鋭利な切っ先が、弘人の横っ面《つら》をかすめて背後の土壁に、ドス、と突き刺さる。

槍《やり》からたちのぼる冷気がすうっと頬をなでる。

はじめから命中させるつもりがないのが読めたので、あえて避けもしなかったが、一歩まちがえば脳天をぶちぬかれている。

「……決闘の申し込みか。いま、おれ丸腰なんだけどな」

というか、素っ裸である。戦うには非常に不利な状況だ。

「わっちは天地紅組《てんちべにぐみ》の頭《かしら》、椿《つばき》と申す」

女――椿が氷槍を突き刺したまま、よく通る艶《つや》やかな声で名乗った。あいかわらず彼女のまわりだけうっすらと氷が張っている。

「知ってるよ。賭場で壺《つぼ》ふりやってた凍らせ屋の姐《ねえ》さんだろ」

弘人は岩肌に背をあずけたまま鷹揚《おうよう》に言う。

「天地紅組は羽振りがいいようだな。あの賭場じゃ縁の下に穴熊《あなぐま》でもひそませてるのか。それともサイコロに鉛詰《なまりつ》めでも?」

にやりと人の悪い笑みを浮かべて弘人は問いかける。どちらもよくあるいかさまの手口だ。

「だったらどうなのだ。いかさまとはそもそも、勝ち負けを平等にするために生み出された技じゃ。博徒《ばくと》どもが楽しんで賭《か》けてくるうちは仕掛けてもなんら問題はない」

椿は弘人を見おろしながら悠然《ゆうぜん》と返す。いかさまを正当化して開きなおるとはいい根性をしている、と弘人は思う。

「ぬしは本店の鵺《ぬえ》らしいな」

ゆっくりと氷槍を引きおさめながら椿は言う。妖気でつくられていたらしいそれは、彼女の意思でガラガラと崩れて槍のかたちを失い、湯水の中に落ちて音もなく溶ける。

「もうばれたのか。だれともそんなに深く接触しなかったはずなんだが――」

「本店の坊《ぼん》が直々《じきじき》になんの用じゃ。博奕《ばくち》に興味がわいたのか?」

弘人の言葉をろくに聞き終わらぬうちに椿は喋《しゃべ》りだす。

「ちがう」

「では縄張り争いに参戦か」

「そうじゃない」

「舎弟《しゃてい》になりたいのなら考えてやってもよいぞ。必要に応じて雷神を呼んでくれれば、とくべつに幹部の席を用意してやろう」

「バカも休み休み言え」

「ふん。さすがに組頭《くみがしら》の座までは譲《ゆず》ってやれん」

「…………」

そういう問題ではない。真顔でふざけたことを言うので、弘人は返す言葉を失った。

「おまえが美咲からおれの記憶をもっていったんだろう、椿」

弘人は単刀直入《たんとうちょくにゅう》に切り出した。すると椿のかたちのよい濃紫の唇《くちびる》がふっとゆがむ。

「そのとおりじゃ。よくぞここをつきとめたものだな。やはりぬしはあの妖狐《ようこ》の娘のためにこの地に来たのか」

「そうだ。記憶いじりはだれかに依頼されてやったことなのか？」

「舎弟のきまぐれにつきあったまでじゃ」

「舎弟のきまぐれ……？」

椿本人の意思ではないということなのか。

「そうじゃ。先代がらみで、わっちもあの娘にはちっと恨《うら》みがあるから引き受けた」

「先代がらみ？　もうちょっと具体的に聞かせてくれよ、そのへんの動機。おまえの親父《おやじ》さんは十一年前の一斉《いっせい》検挙の頃に死んでるんだったよな？」

やはり一斉検挙に美咲の父が絡《から》んでいて、接点はそこだったのだと確信しながら、弘人は先を促《うなが》す。

「他者から記憶を引き出すにはきっかけが必要となる。それは嗜好《しこう》や感情に基《もと》づくもので、さらに度合いの強いものでなければならん。たとえば……もっとも美味《うま》いものはなにか、もっとも憎いのはだれか——対象となる相手の脳に触れてそんなふうに問いかけて、相手が答えを思い浮かべたときに力を反応させ、それに関するすべての記憶を瞬時に引き出すしくみになっているのじゃ。わっちはあの娘に、『この世でもっとも愛《いと》しい男はだれか』と問うた」

「へえ、もっとも愛しい男ね。……おまえ、人の話聞いてるか？」

動機は教えるつもりがないのか、椿が喋っているのは記憶を奪う方法だ。

「抜けていたのがぬしの記憶だったところをみると大成功じゃ。このすけこましめ」

椿は邪険《じゃけん》な目で弘人を見おろす。成功を喜ぶというよりは、あきらかに弘人を敵視している。

「すけこましだと？　おれはあいつの立派な旦那《だんな》様なんだけどな。——で、舎弟はなぜ美咲からおれの記憶を抜きたかったんだよ？　何者なんだ、そいつは」

弘人はしんぼう強く問いただす。

「たとえ共有できる思い出などなくとも、惚《ほ》れた相手がおなじ状況でそばにいればおのずと恋しくなるもの。にもかかわらずいまだなびかんとは、ぬしらがしていたのは真《まこと》の恋ではなく、単なる思い込みだったようじゃ」

椿はまたとんちんかんなことを喋る。

「おまえ、おれを怒らせたいの？」

さきほどから会話がいまひとつ噛《か》みあわない。それが素《す》なのか芝居なのかは謎《なぞ》だが、ほんのすこしずれているところのある女だ。焦《あせ》る気持ちを煽《あお》るかのような内容だからまた癇《かん》に障《さわ》る。色仕掛けも腹芸も通用しそうにない、ある意味、苦手なタイプであると弘人は思う。

「じゃあ抜き取った記憶はどこにあるんだよ。さっさと返してくれないか」

弘人は動機を吐かせるのはあきらめて、質問を変える。

「あれは泪壺《なみだつぼ》の中に溶かし入れて凍らせた。ぬしらには渡さん」

椿は得意げに答えた。

「泪壺……」

涙を受けるための壺だ。古代ペルシアでは、戦地に赴《おもむ》いた夫を想《おも》って妻が流した涙をそこに入れていたという。

「そいつはどこにあるんだよ？」

弘人は椿の頬の傷を意味もなく眺めながら問う。傷はかなり古いもので、鋭利な印象のある彼女の美貌《びぼう》には妙にしっくりとなじんでいる。

「わっちの組が管理している蔵《くら》にあるが、ほかにもたくさんの泪壺があるから素人《しろうと》が見分けることは不可能じゃ。潔《いさぎよ》くあきらめよ」

「あきらめる？　冗談はよせ。こっちはおかげさまで離婚の危機なんだ」

「そうそう、凍ったそれがなにかの衝撃で木端微塵《こっぱみじん》に壊れたら、もうおしまいじゃ。ぬしとの甘く美しい思い出は、二度とあの娘に戻ることはない」

椿は愉《たの》しげに頬をゆがめる。

「わっちはぬしらに用はない。記憶のことはあきらめて、とっとと酉《とり》ノ区界《くかい》へ帰れ。このまま遠野《とおの》に居座るというのならその血を一滴残らず凍らせてくれるぞ」

畳《たた》みかけるように椿は言った。

要するにこの脅《おど》しをかけたくてあらわれたようだ。

弘人はじっと彼女の灰色の目を見た。なぜ舎弟は自分の記憶を美咲から奪う必要があったのだろう。椿にしても、先代がらみで過去になにがあったのか。

しかしこの調子だと、ねばったところで、なにも喋りそうにない。

「……あ、そう。わかったよ。わかったからおまえがまずここからさっさと退散してくれ。おまえのせいですっかり水風呂だ。寒い」

弘人は言った。実は湯水がかなりぬるくなっていた。いくら氷をともなって雪妖《ゆきよう》が入ってきても、さすがに人肌以下にまでは冷めないだろう。椿が妖力《ようりき》をつかって故意に温度をさげているとしか思えない。

「出たいのなら、ぬしが出てゆけ」

椿はすげなく言う。

「あほか。ここで出たらおれの負けだろうが。……というか、おまえ、ここ男湯だぞ。もうすこし遠慮しろよ。乙女《おとめ》の恥じらいとか、そういうのないのか」

湯水に濁《にご》りはない。男の裸を目の当《ま》たり《あ》にしてここまで平然としている女もめずらしい。

「そんなものもっていて頭がつとまると思うか？」

「むしろそれを武器に生きたほうが楽な世界だと思っていたがちがうのか？」

「ふん。体で領土《シマ》が取れるなら苦労はしないさ。とにかく雷神も呼んでくれんぬしを舎弟にする気はない。さっさと本店に帰れ」

椿はそう言って身をひるがえし、露天風呂をあとにする。

「だから、舎弟に志願した覚えはないんだけどな」

つくづく人の話を聞かない女だ。あれでよく親分がつとまるものだと弘人はあきれる。

（もっとも愛しい男……か）

ぬるい湯に首まで浸かり、弘人は複雑な思いで目を閉じた。愛しい男が自分だったのは喜ばしいが、こんなかたちでそれが証明されるとは、なんとも皮肉な話だ。

それから椿のうしろ姿が内風呂のほうに消えてしまったあと、ふと大きな疑問が生じた。

美咲がなくした記憶がたしかに自分に関するものであったことや、いま現在ふたりの仲がぎくしゃくしていることなどを、いったい彼女はいつ、どこで知ったというのだろう――？

小雪がちらついている。

それは雲間からのぞく紅蓮《ぐれん》の月明かりのせいでほんのりと桃色に色づき、桜の花びらが散っているようにも見える。

美咲は布団《ふとん》からはい出て、雪見障子《しょうじ》を静かにおろした。障子も、雪景色がはじいた月明かりがこちらに側に透けているために不思議な薄桃色をしている。

美咲はその後、布団に戻ってもなかなか寝つかれず、目を開けたり閉じたりを繰り返していた。

行燈《あんどん》の灯《ひ》を落としてしまった室内は湖の底のように静かだ。耳をすませば、となりの弘人からは規則正しい静かな寝息が聞こえてくる。

露天風呂で温まったはずが、寒いと言いながら部屋に戻ってきたのでおかしいと思っていたら、どうやら天地紅組の頭——椿と接触していたらしい。

記憶を奪ったのはやはり彼女だった。舎弟からの依頼でしたことで動機はつかめないが、彼女自身も父にからんで美咲に多少の恨《うら》みを抱いているようだったという。

(父と天地紅組のあいだには、いったいなにがあったのかしら……)

慣れない土地で、となりには慣れない男が寝ていて、さらには不穏《ふおん》な父の過去にも思い及んで、美咲の心はどうしようもなくざわめいていた。

弘人は約束どおり、なにもしてこなかった。

期待があったわけではないが、いざなにも起きないと、実は嫌われているのかとか、女としての魅力がないのだろうかといらぬことを考えてしまうから身勝手なものだ。

引き出されたのは『もっとも愛しい男』の記憶なのだという。美咲は最愛の男が弘人だったという事実を、実感のないまま受けとめねばならなかった。

（でも、たしかに好きだったのかもしれない……）

ここへ来て、なんとなくそれがわかるようになった。

ゆうべ、芝居で肩を抱かれているときも、そういえば悪い気はしなかった。家ではじめて彼に抱きしめられたときは、とつぜんのなれなれしい態度に驚いて嫌悪《けんお》すらおぼえたけれど、いつのまにかそういう感情はなくなっている。

美咲は横をむいて、薄闇《うすやみ》でこっそり弘人の寝顔を盗み見た。

ほの暗い中に、端正な横顔の輪郭《りんかく》がうっすらと浮かびあがっている。眠っている彼はどこかあどけなく、無垢《むく》な感じがした。

彼は布団に入ってまだどれほども経《た》っていないうちにすぐに眠りに落ちた。明かりを消したらすぐに寝てしまうなんて子供みたいだ。それまでの完璧《かんぺき》な立ち居ふるまいとはイメージがかけはなれている感じがしてちょっとおかしかった。

ふと彼が寝てしまったことで、自分ひとりだけが異界の夜におきざりにされたような不安におそわれた。ゆうべもこの不安で、ずいぶんと寝つきが悪かったのだ。

美咲はなんとなく布団の中で弘人の手を探した。

小袖《こそで》の上からそっと腕をたどってゆき、彼の手に触れた。指先ですこしさわっただけなのに、思いのほか温かいのでどきりとした。けれど、眠っている人の体というのはこんなふうに体温が高いものだ。

美咲は弘人の手に触れたまま瞳をとじた。弘人の熱が自分の体に伝わってくるのを感じた。むこうの意思はない。心はかよっていない。自分たちはただ、このぬくもりで繫《つな》がっているのみだ。

けれどそうしていると、自分にはこの人しか頼れる相手はおらず、なにもかもかなぐり捨てて駆け落ちでもしてきたかのような不思議な心地にもなった。まだ、弘人のことをどれほどもわかっていないというのに。

それから、眠っているのをいいことにずいぶん大胆《だいたん》な行為に及んだものだと心のなかで笑っているうちに、緊張がほどけたらしく、美咲もいつのまにか深い眠りに落ちた。

2

翌日。

美咲《みさき》と弘人《ひろと》は、子《ね》ノ分店《ぶんてん》の店員の佳鷹《よしたか》とともに、遠野《とおの》の山裾《やますそ》にあるという天地紅組《てんちべにぐみ》の所有している蔵《くら》にむかっていた。

天地紅組の蔵に、泪壺《なみだつぼ》というものが本当に存在しているのかどうかをたしかめてみることにしたのだ。

橘屋《たちばなや》は、妖怪間または人と妖怪のいざこざを取り締まって、現《うつ》し世《よ》と隠《かく》り世《よ》の均衡《きんこう》を保つために設《もう》けられた組織であり、秩序《ちつじょ》を著《いちじる》しく乱すような事件に発展する疑いのあるものに対してはくわしく捜査する権限をもっている。

今回は、なんくせつけて逃《のが》れられぬよう、分店よりも権力のある本店の名をつかって、表向きには〈惑《まど》イ草《ぐさ》〉検《あらた》めということで、立会人をひとりよこすよう天地紅組に申し入れた。

「休日返上で悪いな」

急につきあわせることになったので、弘人が佳鷹に詫《わ》びた。

椿《つばき》のいう天地紅組の蔵についてのことを子ノ分店にたずねてみたところ、店主が彼に案内を命じた。過去に〈惑イ草〉隠蔽《いんぺい》の嫌疑がかかったときに、立ち入り検査をした経験があるのだという。

「いいですよ、今日は錺《かざり》の発注のほうもなくて暇《ひま》でしたから」

佳鷹はほほえんで言った。

彼は萌黄色《もえぎいろ》の水干《すいかん》を着ていた。遠野ではこのいでたちの者が多い。雪国で優雅に着流していても冷えるだけなので、こんな衣装が浸透していったのかもしれない。もっとも雪妖《ゆきよう》には寒さなど問題にならないはずだが。

「しかし彼女の記憶はどうなるんですか。泪壺が見つかっても、どれが彼女のかわからないんじゃ意味がない」

佳鷹が美咲のほうを気にしながら、歩調をゆるめずに弘人に問う。

「天地紅組の〈惑イ草〉密売のカラクリを暴いて、それをネタに脅《おど》しをかけて吐かせようと思う」

弘人が言う。

「たしかに組織の裏事情を握って取引をもちかけられれば、むこうも動かざるをえないわね」

美咲は記憶を取り戻せる希望を感じながら同意する。

街道を抜けて山地をすこしばかり歩いて蔵にたどり着いたとき、

「まさかこれのことを蔵というのだとは思わなかったわ」

美咲は切り崩した山肌に存在しているものを見あげながら、しみじみとつぶやいた。

そこは高さは三メートル、幅は一間半《いっけんはん》ほどの洞窟《どうくつ》だった。その入り口に木製の重厚な扉が造りつけてあるのだ。

「ここは坑道《こうどう》です。昔は鉱石が多く採《と》れたそうで。用済みになったものを天地紅組が買いあげて、蔵に変えたわけです」

現し世でも東北には鉱山の採掘跡が多く見られる。

天地紅組の立会人がまだ来ていなかったので、三人はしばらくそこでまった。

天地紅組は、橘屋本店の立ち入り調査にとくに動じることもなく、約束の時刻には蔵の鍵《かぎ》をもたせて舎弟《しゃてい》をひとりよこすと応じていた。

ほどなくして、天地紅組の舎弟があらわれた。鼠色《ねずみいろ》の水干を着ている雪男《ゆきおとこ》とおぼしき中年の人型妖怪である。

弘人は、舎弟に蔵の戸を開けるように命じた。

舎弟が大戸の錠前《じょうまえ》をはずし、四人は蔵の中へと足を踏み入れた。

美咲は夜目がきかないので子ノ分店から借りた提灯《ちょうちん》を掲《かか》げた。

坑内は寒かった。風はないが肌を刺すような冷気に満ちていて、まるで冷蔵庫の中にいるようだ。ところどころに水晶のような氷塊《ひょうかい》やつららが煌《きら》めき、足元にも霜《しも》がおりており、うっかりしていると滑りそうだった。

「意外と寒いのね。こういうところってふつう外よりあたたかいものじゃない？」

おそらく坑内のほうが気温は低い。美咲はぶるりと身を震わせ、肩を抱いた。

「おまえは外でまつか?」

弘人が美咲を気遣《きづか》って言う。

「いい。あたしも泪壺を見てみたいし」

美咲は小声で答えた。自分のために探しに来たのに、自分が動かないわけにはいかない。

しばらく進むと、坑道の両脇《りょうわき》に長持《ながもち》がおかれていた。半間《はんげん》ほどの長さのある桐製《きりせい》のものが、道筋にそってならんでいる。棺桶《かんおけ》が奥にむかって連《つら》なっているような奇妙な眺めだった。

このなかに貯蔵物が入っているらしいが、長持には番号がふってあるだけで蓋《ふた》を開けねば中味がなにかはわからない。

一番手前の長持の中味は槍《やり》や刀などだった。ここからしばらくは武器類がつづくのだという。

「おまえんとこの姐御《あねご》の商売道具はどこにあるんだよ?」

弘人が舎弟に問う。

「泪壺のことで?」

「そう」

「そいつはもっと奥でさ」

泪壺は三〇から四〇番の長持におさめてあるというので、一行《いっこう》はその番号のところまでさらに歩をすすめた。

「あっ」

途中、頭上の立派なつららに見とれているうちに、美咲は足元がつるりと滑って体が傾《かし》いだ。尻《しり》もちをついてしまう、と目をつむった瞬間、横にいた弘人にふわりと腕をすくわれ、抱きとめられた。

「気をつけろ」

涼やかな目で告げられる。

「あ、ありがとう」

わかりきっている状況で、案《あん》の定《じょう》転びそうになるドジな自分が恥ずかしかった。美咲は頰《ほお》を赤らめながら、あわてて体勢をととのえる。

ふいに背中にまわった弘人の腕に力がこもって、美咲はどきりとした。すっかり抱きしめられるような格好になって目をしばたく。

すぐにはなれるつもりだった。けれど、弘人は腕をといてくれなかった。

舎弟と佳鷹は、気にせずに先をすすんでいる。

抵抗すればはなしてくれるのがわかったが、弘人の気持ちを考えると気がひけた。自分を抱いている腕には、まだこちらの出方をまっているようなためらいがある。

それに不快でもなかった。頼もしい感じのする胸はむしろ心地よくて、美咲はすこし体の力を抜いてじっとしていた。以前の自分たちは、こんなことを自然にしていたのだろうか。

間近に弘人を感じて胸がどきどきした。提灯をもつ手がかすかに震える。

美咲が抗《あらが》わないせいか、迷いのなくなった弘人の腕がいっそう深く抱きしめてくる。

（あ…………）

体がしっかりと彼に包み込まれて、一段と鼓動《こどう》が高まった。そうして密着することで、彼に対する緊張が徐々にほどけてなくなってゆくから不思議だった。

冷えた体どうしなのに、わずかずつぬくもりが伝わりはじめる。

いま自分の体は、とても大切に、愛《いと》おしむように抱きしめられている。

けれど一方で、こうあらねばならないと思い込んで、自分は努力して抱かれているだけなのではないかという疑問も生じていた。

ためしにすこし甘えてみようと、美咲が頰を彼の胸にあずけかけたとき、ふたりに気づいて振り返った天地紅組の舎弟がわざとらしく咳払《せきばら》いをひとつかました。

「あの、ここ出合茶屋《であいぢゃや》じゃねえんで」

だみ声で不愛想《ぶあいそう》に言う。出合茶屋とは男女が逢引《あいびき》をする場所のことをいう。

そうだった。ここは天地紅組の蔵だ。敵地でなにをしているのかと美咲が我《われ》に返って身をよじると、弘人が舎弟にもの言いたげな目をむけながらしぶしぶ腕をといた。

（あたし、もっと抱きしめられてたいって思ってた……？）

わからない。もしかしたら、そう思うべきだという強迫観念みたいなものにとらわれて、おとなしく抱かれていただけかもしれない。

美咲はなんとなく弘人のほうは見られないまま、胸の鼓動を押さえて歩をすすめた。


それから十分くらいは歩いただろうか。

話し声がぼんやりと坑内に響き、かなり奥まった圧迫のようなものを感じるようになった。

「ここです」

舎弟が三〇と番号の筆書きされた長持の蓋を開けると、中には等間隔《とうかんかく》に六つほどのガラスの口がならんでいた。

壺の肌は白く凍結しており、そのまわりにはぎっしりと氷が敷き詰められている。

「これが泪壺か？」

弘人がおもむろにいちばん右端のものを取りあげた。じゃり、と長持の中の氷が崩れる音がする。

泪壺は独特のかたちをしていた。ビール瓶《びん》よりやや小ぶりの大きさで、涙を受けやすいように口がひろくなっている。壺自体はとてもなめらかで幻想的な線を描いており、一見花瓶のようにも見えた。

「たしかにこれじゃ、だれの記憶なのか見わけがつかないわ」

見る限りでは、ただの水が凍っているようにしか見えない。椿がどうやって区別しているのかが不思議だ。

「これのうちのどれかを溶かして飲めば記憶は戻るってのに、もどかしいな」

弘人が冷たさに限界を感じたようで、壺を長持の中に戻しながら言った。

「いっそのことぜんぶ飲んでみたらいいのかも」

美咲が冗談を言うと、

「それは危険だ。どうせやばい記憶ばっかりだろうからな」

弘人がきまじめに返す。

「だれの記憶のお話で？」

会話を不審に思った舎弟が首を突っ込んでくる。

「こっちの話だよ」

弘人は有無《うむ》を言わせぬ調子で言って、さらりとかわす。

「ここからむこうはなにがあるんだ？」

それまで黙って事態を見守っていた佳鷹が、道が左右にわかれているのをあごで示して舎弟に問いかけた。

「最近はつかわれてないですな。奥のほうは長持もおいてないです」

舎弟は言葉少なに答える。

「念のため、見ておきますか？」

佳鷹が、〈惑イ草〉が隠してあるかもしれないと暗にほのめかすような目をして弘人をあおぐ。

「ああ。長持も、はじめのやつからもう一度調べなおそう」

弘人は言った。椿を脅してどれが美咲の記憶か吐かせるためには、〈惑イ草〉密売の証拠が必要だ。いまのところ、噂《うわさ》ばかりで確たる証拠はなにもあがっていない。

どちらの坑道も調べたいので、二手にわかれることになった。

「おれはこっちに行くから、おまえたちはふたりで一緒にむこうを見てきてくれ」

弘人が右側の坑道を指して言う。

美咲は佳鷹とともに頷《うなず》いた。天地紅組の舎弟はここでまつと言った。

3

そこから先は、道幅も高さもいくらか狭《せば》まっていた。

弘人《ひろと》と別れ、美咲《みさき》は佳鷹《よしたか》とふたりきりで暗闇《くらやみ》に足をすすめてゆく。

佳鷹も夜目がきくようで、手ぶらだ。坑内《こうない》は薄気味悪い気配に満ちているが、彼は物怖《ものお》じするようなこともなく奥へとむかう。

「本店の若様はずいぶんときみに惚《ほ》れ込んでいるみたいだな」

佳鷹は言った。急に立ち入った話題をふられて美咲はどきりとした。

「そうかな」

「ああ。おれにはわかるよ。あの人は、きみを守るためにつねに気を配っている。いまも、おれはあの人からきみを託《たく》されたという感じがしている」

そうなのだろうか。たしかに優しいし、気働きのある人ではあるけれど。

「朝、彼から聞いたよ。きみが抜かれたのは、きみのもっとも愛《いと》しい男の記憶だったらしいな」

凍らせ屋というものがどういう性質なのかを、佳鷹はすでに知っているようだった。

「ええ。でも理由は言ってくれないの。あたしの父は椿《つばき》の父とかかわりがあったかもしれなくて、どうもそのことが関係しているみたいなんだけど」

そこになぜ弘人までがからんでくるのかがわからない。

「きみの父は事故死したんだろう？　以前、うちの店長が言っていた。それで家を出た姉の代わりにきみが店を継ぐことになったのだと」

「ええ、そうなの。もしお姉ちゃんが店を継いでいたら、あたしはきっといまここにはいないと思うわ。現《うつ》し世《よ》だけで生きる未来もよかったなあって思うし、案外そっちのほうが幸せだったのかもしれないけど、お店は大事だし、もうここまで来たらいまさら引き返したくないし。弘人さんの記憶もはやく取り戻さなきゃって――」

もしこのまま記憶が戻らなかったら、弘人とはこれからどうなるのだろう。

言いながら、ふと美咲は不安をおぼえて唇《くちびる》をかみしめる。

「きみもいろいろ複雑そうだ。しかし、いまきみにあの人の記憶がないということは、きみにとってはたしかに彼が最愛の男だったんだな」

佳鷹はその端正な顔に、感心するような笑みをひっそりと浮かべた。

最愛の男だったという記憶はないが、現状がそれを証明している。第三者から面とむかって言われると、美咲はさすがにすこしばかり恥ずかしくなった。

「愛に生きるのは悪くない。おれにも愛してやまない女がいる。その女のためだったらなにでもなれるな。人殺しであろうが、盗人《ぬすっと》であろうが――」

美咲は佳鷹が意外にも情熱的なことを口にするので驚いた。色恋には淡白《たんぱく》そうだと勝手な印象を抱いていた。こういう少年に一途《いちず》に想《おも》われる女とは、いったいどういう女なのだろうと純粋に興味をおぼえる。

佳鷹はふいに足をとめた。美咲もつられてその場にとどまった。

「せっかく愛しあっていたのに、その記憶がなくなってしまったなんてつらいだろう」

そう言って、彼はじっと美咲の顔を見つめてくる。けれど科白《せりふ》のわりに、彼の面《おもて》に同情めいたものはまったく見いだせない。口先だけの言葉なのだと感じた。

「どうなんだ？」

佳鷹は語りかけるように問いながら、黙ったままでいる美咲につめよる。

つらい……？　自分はいま、つらいのだろうか。思い出せない苦しみはあるが、つらいのはむしろ、自分に忘れられてしまった弘人のほうだ。

佳鷹の手がそっと伸びて、細い指先が美咲の顎先《あごさき》に触れる。雪妖《ゆきよう》だからなのか、彼の指は驚くほど冷たい。

けれどそうして触れられても、彼の女のようなしなやかさ、清らかさにごまかされて、警戒することを忘れてしまう。男性的なものをまるで感じさせない、強《し》いて言うなら女友達に愛を迫られているような奇妙な感覚にとらわれながら、美咲は気を呑《の》まれたように彼を見つめ返す。

「おれが、思い出させてやろうか。それが、どんなものなのか——」

佳鷹が静かに言って、顔をよせてきた。

口づけされようとしているのに、それがわかっているのに、体がびくりと固まったまま動かない。金縛《かなしば》りの法をかけられているのだと、美咲はここではじめて気づいた。

（いつのまに……）

ぞくりと背筋に悪寒《おかん》が走る。

けれどもう、抗《あらが》うこともできないし、声も出せない。美咲は、提灯《ちょうちん》の柄《え》を握りしめたまま、焦燥感《しょうそうかん》だけをもてあましてただその場に立ちつくす。

気づくと、唇が重なっていた。

ひやりと冷たく、やわらかな佳鷹の唇が、美咲のそれを軽く塞《ふさ》いでいる。

あまりにも冷たいので、口づけをしているのだという実感がなかった。

冷えているのは唇だけではない。その先は、いっそう冷たさを増している。下唇を甘く嚙《か》まれて、そのことを知った。

(やめて……)

強い違和感をおぼえ、美咲は思わず空《あ》いているほうの手で佳鷹の胸を押して、彼からはなれた。いつのまにか、体は自由を取り戻していた。

「なにするの……」

佳鷹は、実に冷静に自分を見ていた。拒《こば》むことを当然のように知っていた、冴《さ》え冴《ざ》えとした灰色の瞳で。

美咲は、それきりなにも言葉が出てこなかった。ひやりとした彼の唇の感触が、まだはっきりと残っている。まるで死んだ生き物みたいな冷たさだった。体の熱を奪われたような錯覚《さっかく》におちいり、美咲は指先で自分の唇を押さえ、無意識のうちにそこになにが触れていたのかをたしかめていた。

「雪妖とこういうことをするのははじめてか?」

佳鷹が、動揺を隠せないでいる美咲の目を見つめたまま静かに問う。

「あなた、さっき愛してる人がいるって言ったわ」

美咲は眉《まゆ》をひそめ、やっとのことで声を絞《しぼ》り出した。口にしてはじめて、問題はそこであったことに気づく。

「ああ、いるよ。――もう死んでしまったけどな」

佳鷹は淡々と答えた。

「死んだ……？」

美咲は目を見開く。

「そうだ。この春に死んだ。千雪《ちゆき》という名の、とてもきれいな毛並みをもつ妖狐の女だった」

「妖狐……あたしと、おなじ？」

美咲は胸をつかれた。春ということは、まだ亡くして間もない。

「千雪さんは、どうして亡くなってしまったの……？」

千雪という名の響きがとても美しいと思いながら、美咲はためらいつつもたずねてみた。

「事故に巻き込まれて、瓦礫《がれき》の下敷きになったんだよ」

その一瞬、佳鷹の瞳が暗くなり、怒りをはらんだように見えた。

瓦礫の下敷きとは、住んでいた建物が倒壊でもしたのだろうか。いったいどんな事故だったのだろう。思いのほか不幸な死に方に、美咲の胸はかすかに痛む。

「おなじ妖狐でも、きみと千雪はまったくちがうな。口づけをしてみてよくわかった。きみは千雪ほど熱くないし、半妖怪のせいか、不思議な香りがする」

佳鷹は言った。美咲は口づけされたことをすぐに思い出し、

「そんなの知らないわ」

不快もあらわに言って、それきり口を閉ざした。

金縛りでむりやり口づけられて腹立たしいはずなのに、なぜかその怒りをぶつける気はそがれてしまっていた。恋人の死を聞かされたせいだろうか。

「あの人を思い出せなくなって苦しいだろう。おれが協力してあげるよ」

佳鷹は含みのある表情で、さっきと似たようなことを繰り返す。

「なにをどう協力するっていうの。よけいなお世話よ」

美咲は佳鷹から逃れるように、一歩あとずさる。好きでもない女に平気で手を出すような男なのだから、もう信用ならない。

「おれは、きみのことが他人とは思えないんだ。そんなつらい顔をされては放っておけない」

意味がわからず、美咲は眉根をよせる。

「おなじ橘屋《たちばなや》の店員だからということ?」

「そうじゃない」

「じゃあ、どうして……」

もしや亡くした恋人とおなじ妖狐だからとでも言いたいのだろうか。なんとなくそれは口にするのは怖くて、美咲は言いよどむ。

佳鷹の灰色の双眸《そうぼう》が、正面からじっと美咲をとらえる。

そこに不穏《ふおん》なものがゆれているのを見て、美咲の胸はさざめき立つ。

「過去に、きみの父になにがあったのか知りたいか？」

「え？」

とつぜん話が思わぬところにとんで、美咲は目を瞠《みは》った。

「父を、知っているの……？」

「きみと天地紅組の椿とは、あるひとつの因縁《いんねん》で結ばれている。きみも、いくつかの予感を抱《かか》えてこの地に来たはずだ。そうだろう？」

「因縁……？」

その言葉を耳にしただけで、ざわりと全身が粟立《あわだ》った。

「結ばれているって、どう結ばれているの。あなた、いったいなにを知っているのよ？」

胸がいっそう波立ち、美咲ははやる気持ちを抑《おさ》えきれなくなって佳鷹につっかかった。

佳鷹はふっと笑った。

「きみは単純でかわいらしいな、美咲。でも話すと長くなりそうだからいまここでは教えられない。おれたちの戻りが遅いと本店の若さんが心配するだろう？　続きはまた今度にしよう」

「そんな……」

さんざん思わせぶりなことを言っておいてどういうつもりなのだ。

「もしかして、天地紅組と繋がっている店員というのはあなたなの、佳鷹？」

美咲ははたとそのことに気づく。しかし佳鷹は、

「まさか。さっきのことは彼には言わないでくれよ。逆上して雷を落とされちゃかなわない」

そう言ってどこか嘲《あざけ》るような笑みをこぼすと、美咲をおいてさっさと先に歩きだす。

さっきのこと──口づけのことだ。けれど直感的に、口止めしたいのは、それよりも因縁云々《うんぬん》についてのことなのだとわかった。ここだけの話にしろと、警告を与えているのだ。

「はじめから口封じのつもりであたしにキスをしたのね？」

ほとんど確信して美咲は言った。儚《はかな》げで優美な見かけに反して、することは卑劣《ひれつ》でしたたかだ。しかし、うっかり金縛りにかかった自分にも非があるから、これ以上責めることもできない。

美咲を無視して先を歩いていた佳鷹が、ふたたび足をとめた。

「ああ、この先はもう行きどまりだった。前に来たことがあるのを思い出したよ。引き返そう」

佳鷹はそう言って踵《きびす》を返すと、美咲の横をすりぬけて、来た道を戻りはじめる。

彼が通り過ぎると、ふわりと冷気が頬をなでる。

「まって、まだずっと続いているように見えるわ」

美咲は先が気になって、提灯をかかげて暗闇《くらやみ》に目をこらす。

「そんな気がするだけさ。組員の言っていたとおり、長持はどこにも見当たらないだろう？」

佳鷹はふり返りもせずに言う。

「たしかにそうだけど……」

坑内の最奥《さいおう》にひとり残されるというのもなにやら心細いので、美咲は不審感を抱きながらも仕方なく佳鷹のあとについて引き返しはじめた。

佳鷹は美咲に背をむけて嗤《わら》っていた。

実際、そこには先があった。ぐるりとひとまわりして、わかれていたもうひとつの坑道に出るのだ。

それまでのふたりの姿を、反対の道から来た弘人が見ていた。

第四章　惑いの果て

1

外はあいかわらず雪雲に覆《おお》われて、どんよりしていた。

結局、〈惑《まど》イ草《ぐさ》〉密売に関する証拠は得られず、立ち入り検査はお開きになった。

蔵《くら》に来るときに通った雪道を、美咲《みさき》と弘人《ひろと》はふたたびゆっくりと戻っていた。

佳鷹《よしたか》は店に出ると言って途中で別れた。

雪はやんでいるが、吹きつける風は容赦《ようしゃ》なく冷たい。白い息は、吐き出したとたんに風下《かざしも》に流れて大気に溶ける。

弘人はずっと無言のまま雪を踏んで歩いている。なにかを思案《しあん》しているふうにも見えるが、美咲にははっきりわからない。

美咲は、坑内《こうない》での佳鷹との出来事が頭からはなれず胸が悪くて、無意識のうちに何度も唇《くちびる》を拭《ぬぐ》っていた。

「天地紅組《てんちべにぐみ》と通じている店員は佳鷹だ」

街道にさしかかったころ、弘人がだしぬけに言った。

美咲ははっと顔をあげた。

「おれたちが宿に呼んだ提重《さげじゅう》がシロだったのは、『布袋屋《ほていや》』の元締めが囮《おとり》捜査であることを知っていたからだ。でもあの日、おれたちが囮調査をすることを知っていた人物はあいつひとりしかいない。あいつが元締めに情報を流したんだ」

弘人はかなり確信めいた言い方をする。

「そういえば……」

捜査の情報が漏《も》れては意味がないので、佳鷹にはしっかり口止めをしてあったのだ。けれど彼自身が間者《かんじゃ》なのだとしたら――。

「でも彼は、密売人の検挙率も高い優秀な店員だって店主が言ってたわよね？」

「カムフラージュのためにときどき摘発しているんだろう」

たしかに、敵方をしょっぴいて手柄《てがら》を立てていればまず疑われずにすむ。

「ほかにも思い当たるフシがあるんだ。露天風呂《ろてんぶろ》で椿《つばき》に会ったとき、おまえから抜き出された記憶がたしかにおれのものだったことを彼女はすでに知っていた。おまけにそのせいでおれたちがぎくしゃくしていることまで――」

「それは、佳鷹に聞いたから？」

自分たちがしっくりいっていないという自覚が弘人にもあるのだと知って、美咲はやや複雑な気持ちになりつつ訊《き》き返す。

「おそらくは」

弘人は頷《うなず》く。

たしかにふたりは繋《つな》がっているような気がする。だからこそ佳鷹は、父の過去になにがあったのかも知っているのだろう。

美咲は、坑道で別人のようになった彼のことを弘人に話そうか迷った。けれどそれを話すと、なぜか無理やり口づけされたことまでも話すことになりそうで、そしてそれだけでなく、父の過去についてを彼の口から聞く機会も永久に失うような気がして、結局は切り出すことができなかった。

「佳鷹のこと、どうする？」

美咲はたずねる。

「しばらく泳がせておこう。証拠もないのに、説得だけで負かして捕らえられる相手じゃなさそうだからな」

弘人は慎重《しんちょう》に言った。

「そうね。〈惑イ草〉を横流ししているのなら橘屋《たちばなや》としては放ってはおけない。しっかり証拠をつかんで、椿にもどれがあたしの記憶なのかをはやく吐かせなきゃ」

美咲はすこしばかり鼻息を荒くする。心のどこかに、このまま記憶が戻らなかったらどうなるのだろうという不安があって、それを打ち消したかった。

「あ」

そこへ、ひらり、と透明なガラスのような翅《はね》をもつ蝶《ちょう》が、寒風に押し流されるようにして飛んできた。ここに来たばかりのときに見たものだ。銀夜蝶《ぎんやちょう》といったか。

あのときの自分たちは、なんとなく幸福だった。ふたりならんで、おなじものを見て、おなじことを感じているその時間が——。

（記憶なんてなくても、これから先ずっと一緒にいられるならべつにいいんじゃない？）

美咲は蝶を見ながら、自分に言い聞かせてみる。

簡単なことだ。記憶なんてなくても、あなたが好きだと言って弘人の胸に飛び込めばいい。きっとさっきみたいに、優しく抱きしめてくれるのにちがいない。そうして自分たちはうまくいく。

（でも、そんなふうにもできない……）

美咲は自分のすこし前を歩く弘人の背中を見つめる。

自分はたぶんこの人に惹《ひ》かれている。けれど、それを認めることができない。

この感情が本物なのか、この人を愛さねばならないという義務感から生じているものなのか、わからないからだ。だから一歩引いて、他人のように冷静に自分を見てしまうのだ。

彼のほうも、たぶんこういう自分との関係にわだかまりを感じて距離をおいている。そのうち愛想《あいそ》をつかして、自分のもとを去ってゆくのかもしれない。

そうなっても自分は、ただ黙って見送ることしかできないような気がする。

冷たい風が体に沁《し》みるようで、美咲は羽織の前をかきあわせた。

佳鷹が言っていた——きみたちはどんなふうに愛しあっていたんだろうな。

自分でも知りたいと思う。やっぱり記憶がほしい。この人を恋しいと思うこの感情が、真実なのだという証《あかし》が——。

美咲は雪を踏みしめながら、凍《こご》えそうな肩を自分できつく抱いた。

椿の口を割らせるための、密売の証拠は見つかるだろうか。

もし見つからず、記憶を取り戻すことが叶《かな》わなかったら、自分たちはこれからどうなるのだろう。

口には出せない不安が、ため息とともに冷えきった大気に溶けた。


その日、夜になると、弘人は椿の裏をとるためにふたたび賭場《とば》に行くと言って、美咲を宿において出ていった。

今度こそ同行してもよかったが、美咲にはある胸積もりがあった。佳鷹のところへ行こうと考えたのだ。そして、自分と椿のあいだにはなにがあるのかをはっきりさせようと思った。

記憶がとり戻せないのだとしても、父の過去くらいは自力であきらかにしたい。でなければここへ来た意味がない。

佳鷹はまだ泳がせておくと弘人は言っていたが、宿にひとり残っていろいろ考えているうちに、どうしても彼に会って真実をつきとめたい衝動《しょうどう》に駆られ、いてもたってもいられなくなった。

弘人が宿を出て一時間ほどが過ぎたころ、美咲はついに心を決めて腰をあげた。


佳鷹の住まいは、子《ね》ノ分店《ぶんてん》の店員が教えてくれたとおり、街道の横町を抜けてすこし歩いたところにあった。このあたりに多く見られる、茅葺《かやぶ》きの切妻《きりづま》屋根の一軒家である。

美咲がたどり着いたとき、戸口がわずかに開いて、中から明かりが漏れていたので、先客がいるのだとわかった。ちらとのぞくと、あがり框《かまち》のところで佳鷹と見知らぬ男が話をしていた。

佳鷹は涼やかな浅葱色《あさぎいろ》の水干《すいかん》姿、男のほうは身軽そうな尻っ端折《しりぱしょ》り姿で、一見して運び屋といった風体《ふうてい》の男だった。

美咲はこっそり戸の横に身をひそめてふたりの会話に耳をそばだてた。

「いつものとおり、箱三点、『美松屋《みまつや》』宛《あて》でよろしいので？」

「ああ、よろしく頼むよ。真ん中の箱は特注の物だから、くれぐれも落としたりしないようにしてくれ」

佳鷹が念をおす。会話の感じから、簪《かんざし》の納品だとわかった。

運送屋の男はしかと頷いて、受け取った桐《きり》の箱を、ひろげた風呂敷《ふろしき》に包んだ。さらにそれを大ぶりの行李《こうり》にしまって背負う。その後、運び賃の支払いとおぼしき金のやりとりがあった。

「では、たしかに」

金子《きんす》を貰《もら》った運び屋はそう言って踵《きびす》を返した。

盗み聞きしていたことが知られるのも忍びないので、美咲は家の外壁に貼りついてなんとなく姿を隠した。運び屋は美咲には気づかずに戸を閉め、佳鷹の家をあとにする。

ふとそのとき、美咲の頭にとうとつにひらめいたことがあった。もし佳鷹が、天地紅組と通じて〈惑イ草〉を捌《さば》いている店員なのだとしたら、あの荷物の中にそれが仕込まれていたりはしないか。

「ねえ、まって」

美咲はあわてて運び屋に追いつき、小声でこっそり引きとめた。

「なんすか」

運び屋はけげんな顔で立ちどまった。寒さのせいで、ふたりの口からは白く長い息が出て流れてゆく。

「さっきの荷物、中味はなに？」

美咲は小声でたずねた。

「簪だよ。寅《とら》ノ区界《くかい》にある小間物《こまもの》の卸問屋《おろしどんや》まで届けるんでィ」

「ちょっと中を見せてくれない？　あたし、橘屋の者だけど」

美咲はそう言って、懐《ふところ》から取り出した御封《ごふ》を運び屋にちらつかせた。多くの妖怪がこれによって妖力《ようりき》を封じ込められることを知っている。

「なんすか、いきなり。べつになんも悪さしてねえよ、あっしは」

運び屋の男は御封に警戒して、しぶしぶながらも行李を背からはずした。取り出した風呂敷包みを解いて、平らな桐箱の蓋《ふた》を開けてみせる。

中には天具帖紙《てんぐじょうし》で包まれた二本足の平打ち簪が入っていた。

佳鷹が錺《かざり》職人というのはほんとうのようだ。

「ほら、正真正銘《しょうしんしょうめい》の簪だ。あいかわらずいい仕事してるねぇ」

「ほんとうだわ。きれい……」

丸に、透かしと彫りによって菊や撫子《なでしこ》をあらわしている銀製のものだ。美咲はその繊細なこしらえに一瞬目を奪われる。

「もういいかい？」

運び屋がふたたび天具帖紙で簪を覆《おお》い、蓋をかぶせようとする。

「まって。お饅頭《まんじゅう》の箱の下があげ底になっていて、小判《こばん》が敷きつめられてるのを時代劇なんかで見たことあるわ」

直感的に、ここになにかがあるような気がしてならないのだった。

「なんで小判が敷きつめられなきゃならんのだい。あすこの旦那《だんな》とはもうかなり長いことやりとりしてるが、なんもやましい話は聞いたことねえよ。そもそもあの人ァ、橘屋の店員——」

男が言うのを無視して美咲はおもむろに桐箱をひっくり返した。すると驚いたことに、箱の底がカタリとはずれて、二重になっていることが判明した。

運び屋の男が「うおっ」と頓狂《とんきょう》な声をあげた。

ただし敷きつめられていたのは小判ではなかった。二寸四方のいくつかの薬包《やくほう》だ。

「なんてこったい。なんでこんなものが……」

美咲が包みを開けてみると、艾《もぐさ》のような色をした枯草《かれくさ》が出てきた。

「これって、もしかして〈惑イ草〉じゃない……?」

美咲は見たことがないので判断がつかない。

「あ、あっしァ、知らねえよ? こんなの入ってるなんて聞いてねえよ。ほんとに知らなかったんだから勘弁《かんべん》してくれよ」

男はお縄になるのを恐れてか、あたふたと言いつのる。不測の事態に動揺しきって腰をぬかしそうだ。どうやら〈惑イ草〉にまちがいはないらしい。

「いつも、知らないうちに運ばされていたってこと?」

「知らねえよ、なんも聞いてねえんだからこっちは」

男が嘘《うそ》を言っているふうには見えない。

やはり佳鷹が天地紅組と通じ、〈惑イ草〉を捌いている店員なのだ。示しあわせたようなこの偶然に、美咲が不謹慎《ふきんしん》にも感動しかけたときのことだった。

「こんな目と鼻の先で中味をあらためていちゃいけない」

ふいに背後から声がして、ふたりは振り返った。

「佳鷹……！」

気配をまったく感じさせないまま、いつのまにか佳鷹が背後に迫っていた。

美咲は身をこわばらせ、ごくりと唾《つば》を呑《の》んだ。

「あたしがここに来ていたこと、知ってたの……？」

「大事な荷をあずけた運び屋を見送るのはいつものことだ。そこへきみが出てきたから驚いた」

佳鷹はうっすらと冷笑を浮かべて言った。

入り口の戸は男がきっちり閉めたはずだったのに。美咲は佳鷹の目をたしかめてから運び屋に声をかけるべきだったと頭のすみで悔《く》やんだ。

「旦那、あの……これはどういうことで……」

運び屋の男が、しかめ面《つら》でなかば責めるように問う。佳鷹はそれにはなにも答えず無言のまま男のそばに歩みよると、やにわに男の額《ひたい》をわしづかみにした。

びくりと男の背がそり返り、次の瞬間には自由を奪われる。

「なにするの！」

美咲はとっさに御封を飛ばそうと懐《ふところ》に手を入れた。

「よせ。——言うことを聞かないのなら、このままこの男の血を凍らせるけどいいか？」

佳鷹は冷たい声で言う。こんなときでも、佳鷹の顔は憎らしいほどにたおやかで美しい。

身動きのとれない運び屋の男が、ひっと息を呑んで頬《ほお》をひきつらせる。

「天地紅組と繫がっている子ノ分店の店員はやっぱりあなたなんでしょう、佳鷹。だからあの組はこれまでずっと〈惑イ草〉密売に関する捜査もかいくぐってこられたのよ」

美咲は御封をかまえたまま、佳鷹を正面からぐっと睨《にら》みつけた。

「美咲。きみの父親の話を聞かせてあげるから、このままおれの家に来いよ」

佳鷹は否定も肯定《こうてい》もせずに、やんわりと誘いかけてくる。

「お父さんのことより、あなたを子ノ分店につき出すことのほうが先よ！」

美咲は父の過去を知りたさにうしろ髪を引かれつつも、鋭くつっぱねる。しかし、

「そんな選択肢がないことくらいわかるだろう？　ほら、この男の血潮《ちしお》はおれが妖気を注ぎこめば一瞬で凍る」

佳鷹は、つかんだ運び屋の男の頭を揺さぶって脅《おど》す。

「痛《いて》ェ、な、なんだかわかんねえけど、頼みますよ、お嬢さん」

運び屋の男が佳鷹の脅しにおののき、声を震わせて懇願《こんがん》する。

美咲は奥歯を噛《か》みしめた。このままこの男を見捨てるわけにはいかない。

証拠はこの目で見た。搬入先《はんにゆうさき》は寅ノ区界の『美松屋』であることもわかっている。追跡調査をしてゆけば密売ルートはあきらかになる。

美咲は御封を握りしめる手をひき、ひとまず運び屋のために佳鷹の言いなりになった。

佳鷹のことは、隙《すき》を見つけて捕らえればいい。たとえ御封がそれほど効かずに始末しきれなかったとしても、自分が彼を押さえつけているあいだに、せめて運び屋の男だけでも自由になれれば、きっと子ノ分店に駆け込んでくれる。

2

佳鷹《よしたか》の家の板の間には、鑿《のみ》ややっとこ、板金《いたがね》にトンボ玉など、簪《かんざし》をつくるための見慣れない道具や材料がたくさんあった。細工机のまわりには銀の切りくずも落ちている。

背後には男の首根っこをつかんだままの佳鷹が迫っていて、脅《おど》されるようなかたちでそこに入ったとき、美咲は紅茶に苦みを加えたような重たい匂《にお》いが充満しているのに気づいた。

「なにか匂うわ」

なんなのか知りたくて、美咲は深々とそれを吸い込む。

「銀鑞《ぎんろう》の匂いだろう」

「銀鑞?」

「簪の細工を組むときに使う糊《のり》みたいなものさ」

「そういう金属的なのじゃなくて、もうすこしお茶みたいな……」

「そう。鼻がきくね。でも、匂ったときにはもう遅い」

意味不明の発言をされて美咲は眉《まゆ》をひそめる。運び屋の男も、このなんともいえない匂いが気にかかるらしく鼻をうごめかしているが、佳鷹は含みのある顔つきで嫣然《えんぜん》と笑うばかりだ。

ふたりは、それが〈惑《まど》イ草《ぐさ》〉を焚《た》いているせいだとは知らなかった。

「あんたはここでおとなしくしててくれ」

佳鷹は、ひっつかまえていた運び屋の男を板の間の端に押しやった。

男はなにか言わんとして口を金魚のようにぱくぱくとさせながらも、脱力して床にすわりこんでしまう。佳鷹の力がはたらいているのだとわかる。

彼のつかう妖術は、暗示や金縛《かなしば》りの法を縒《よ》りあわせたような複雑なものだ。これまでに立てきた手柄《てがら》も、腕力というよりは、この奇妙な妖力《ようりき》を駆使したものなのにちがいない。

「きみが逆らえば、いつでもこの男は死ぬからそのつもりで」

佳鷹は美咲にむきなおると、顔色ひとつ変えず冷酷に警告をあたえた。命を奪うことに慣れている者の目だった。

この少年を捕らえる隙《すき》は見つかるだろうか。美咲は御封《ごふ》をお守りのように握りしめ、覚悟をして佳鷹と対峙《たいじ》する。

「そんな怖い顔をするな。おれはきみと敵対するつもりはないんだ」

佳鷹はそう言って、美咲を手懐《てなず》けるかのように一本の簪をさし出してきた。

蝶《ちょう》を模した二本足の銀製のもので、複雑なかたちを、平打ちにした細い銀で立体的に表現した美しいものだった。すこし立ちあがった翅の部分には、透明感のある薄青のガラスがはめこまれている。

「これは銀夜蝶《ぎんやちょう》。この翅のすかし部分を埋めているガラスは、隠《かく》り世《よ》にしか棲息《せいそく》してないある魚の鱗《うろこ》をはがしたもの。色あいを調節しながら溶かし固めた膜《まく》を、さらに薄く削《けず》ってつかうんだ」

簪のことを話す佳鷹はすこしばかり得意げだ。

「きれいね……」

美咲は佳鷹への警戒は解かぬまま、しかしその繊細で見事なこしらえは認めざるをえなくて思わず素直にこぼす。

すると佳鷹が、手にしていた簪をすっと美咲の髪に挿《さ》した。

青色の銀夜蝶が、あたかも彼女の髪にとまったように見える。佳鷹は、それを満足げに眺めながら言葉を継いだ。

「よく似合ってるよ。それがその型で納得のいくかたちに仕上がったはじめての簪なんだ。もっとはやく完成させて、千雪《ちゆき》に贈りたかった」

「千雪さんに……？」

事故で亡くしたという恋人の名だ。

「そう。一度だけ、千雪をこっちに呼びよせて銀夜蝶の群れを見せてやったことがある。そうしたらあれをつかまえてほしいとせがまれたんだ。雪の降らない巳《み》ノ区界《くかい》じゃ見られない美しい蝶だから、めずらしかったんだろうな」

「この蝶はたしか、あなたたち雪妖《ゆきよう》でもつかまえられないのよね？」

翅が溶けて死んでしまうのだと弘人《ひろと》が言っていた。

「そうだ。だから簪でつくってやろうと思い立った」

佳鷹は遠い目をしていた。彼の灰色の瞳《ひとみ》は、美咲を見ていながらもべつのだれか——おそらくは千雪をうつしているようだった。

「あなたは、なぜ橘屋《たちばなや》を裏切ってるの。それはいつから？」

美咲は咎《とが》めるように問いただす。こんなにも繊細で美しい簪をこしらえることもできるのに、なぜ悪に手を染めるのか。その理由を知りたかった。

「いつから？　……はじめからだよ」

佳鷹の面《おもて》にしたたかな笑みが浮かぶ。

「おれはもともと天地紅組《てんちべにぐみ》で、〈惑イ草〉の密売を統轄《とうかつ》している舎弟《しゃてい》のひとりなんだ。情報収集のために子《ね》ノ分店《ぶんてん》にもぐりこんだのは四年前だが、橘屋に忠義を立てたことなどただの一度もない」

美咲は目を見開いた。佳鷹ははじめから、諜報《ちょうほう》を目的に店員になっただけなのか。

「千雪とは、〈惑イ草〉の取引をするうちに深い仲になった。彼女は、博奕《ばくち》好きの奔放《ほんぽう》な性格のわりに芯《しん》はしっかりしていて、密売に関してや店の仕事はきちんとこなす女だった。客と、おれのこともきっちりわけていて、そういう器用な二面性におれは惹《ひ》かれた」

「客とおれって……」

なんの仕事なのかといぶかしむ美咲に、佳鷹は告げる。

「千雪は、『高天原《たかまがはら》』で仲買《なかがい》を担当していた遊女だったんだよ」

「『高天原』ですって？」

美咲は仰天《ぎょうてん》した。

千雪が遊女であったことよりも、そっちのほうに気をとられた。たしかはじめて会ったときも、彼は『高天原』のことを口にしていた。

「そう、春に本店の若さんが雷神を呼んで崩壊させた巳ノ区界の遊郭《ゆうかく》だ。きみには彼の記憶がないからくわしくは思い出せないか？　――あの事件は、密売組織にとって大打撃だった。あそこが列島西側の区界に〈惑イ草〉を捌《さば》くための重要な経由地《けいゆち》だったからだ。そして千雪が死んだのもあの事件のせいだった」

美咲はそこではっと目を瞠《みは》った。

千雪は瓦礫《がれき》の下敷きになって死んだのだと坑道《こうどう》で言っていたが。

「まさか……」

「そうだ。逃げ遅れ、崩れ落ちてくる瓦礫の下敷きになって、彼女は死んだ」

美咲は絶句した。自分でも、血の気がひいてゆくのがわかった。

『高天原』は、弘人の呼び込んだ雷神の強大な力にもちこたえられず、あとかたもなく崩れたのだとハツから聞いた。美咲にも、弘人以外の記憶はある。あのとき、建物の倒壊に巻き込まれて逃げ遅れた遊女たちも、たしかにいたのかもしれない。

「あたしたちのせい……」

美咲は唇《くちびる》を震わせ、消え入りそうな声で力なくつぶやく。そもそも神効《しんこう》を降ろさねばならない状況を招いたのは寄生妖怪を取り逃がした自分だった。千雪が死んだのは自分のせいでもあるのかもしれない。

「ごめんなさい……」

美咲はそれきり佳鷹の目を見ることができなくなって、視線を下のほうにさまよわせる。

「きみがあやまるな。おれが憎いのは、雷神を呼んだ本店の若さんだ。ときおりガサを入れてくる本店の連中は日頃からわずらわしかったが、千雪を亡くしてから、あのご子息が心底恨《うら》めしくてたまらなくなった」

弘人のことを話す佳鷹の面が、弘人への憎悪《ぞうお》で満ちる。

「最近になって、若さんが酉《とり》ノ分店の娘のもとへ婿入《むこい》りすることを耳にした。おれの女は若さんの呼んだ雷神のせいで死んだってのに、あの人はめでたく惚《ほ》れた相手と結ばれる。おまけにその相手は死んだ千雪とおなじ妖狐《ようこ》とくる。そのことが妙に腹立たしくてな。殺すにしては強すぎる相手だから、じわじわ苦しめることで復讐《ふくしゅう》してやろうと、まずは手始めにきみからあの人の記憶を抜き取ってやったんだよ」

美咲ははたと佳鷹を見た。

「じゃあ、凍らせ屋の椿《つばき》に記憶操作の依頼した舎弟《しゃてい》というのはあなたのことだったの、佳鷹」

弘人に、復讐するために――？

「そうだ」

佳鷹は冷静に認める。

まさか、この少年が犯人だったとは。『高天原』の事件だけでなく、弘人が亡き恋人とおなじ妖狐である自分と一緒になるという偶然が、彼の恨みを煽《あお》ることになったのだろう。

「椿姐《ねえ》さんはきみには恨みがあるから、わりとすんなり引き受けてくれたよ」

佳鷹は、一気にいろいろなことを聞かされ動揺しきっている美咲をよそに、煙草盆《たばこぼん》においてあった煙管《きせる》に火を入れて煙草を吸いはじめた。

「椿が……あたしを恨んでいるのはなぜなの。あたしたちのあいだにある因縁《いんねん》とは、なに?」

美咲は、なんとか気をもちなおしてたずねる。このことをはっきりさせたくてここまで来たのだ。

「きみの父の話をしてあげよう」

佳鷹は、煙を吐き出してから切り出す。煙草の香りが、いつもの霊酒《れいしゅ》に似た甘いものではなく、もともと室内に満ちている苦みを含んだ奇妙な香りに似ていることに美咲は気づく。

「天地紅組は、かつて〈惑イ草〉の密売で裏町中の遊郭を繋ぐ一大網《いちだいもう》を築いていた。楼主《ろうしゅ》が遊女をつかって〈惑イ草〉を客にあっせんし、稼《かせ》ぎを天地紅組と分配する仕組みだ。西ノ区界にある裏吉原《うらよしわら》の遊郭からそれを嗅《か》ぎつけたきみの父は、懇意《こんい》にしていた子ノ分店の店員と手を組んで密売組織の一斉《いっせい》検挙を画策《かくさく》した」

「父が発起人《ほっきにん》だったの……?」

美咲は驚きに眉をあげる。

佳鷹はひとつ頷いてから続けた。

「幾人かの楼主を説得と買収で味方につけ、検挙は一年後に実現した。楼主たちに現物がゆきわたる決まりになっているのが丙午《ひのえうま》の日というのをつきとめて、橘屋が各地の取引現場に突入して仲買人を一斉に締めあげたんだ。天地紅組の組頭《くみがしら》——つまり椿の父は、そのときの悶着《もんちゃく》で、きみの父の手にかかって息の根をとめられた」

美咲は耳を疑った。

「父が、椿の父を殺したの……？」

「そんな顔をしなくてもいい。雪山で、組員と本店の技術集団も加わっての凄絶《せいぜつ》な死闘だったと聞いている。きみも経験あると思うが、生き残るには相手を殺すしか道がないときもある」

佳鷹は、驚愕《きょうがく》のあまり言葉をなくして青ざめている美咲に淡々と言う。

「巨大密売組織は見事に潰滅《かいめつ》。天地紅組も頭を失って解散。事件は片づいたかに見えた。けど、そのわずかひと月ののちに、きみの父は現《うつ》し世《よ》で事故死した。次いで、手を組んでいた子ノ分店の店員もこの地でバラバラ死体だ。ほかにも当時、検挙にかかわって橋屋に寝返った楼主たちが、各所でさまざまな変死を遂《と》げた」

「天地紅組の残党がやったというの？」

「そのとおり。彼らは椿姐さんを新たな組頭にかついで、橋屋にきっちりと落とし前をつけたんだ。だが彼らは一切の証拠を残さなかった。時と場所を変えて偶発的な事件のように見せかけ、実に巧《たく》みに橋屋の目をあざむいた。水面下で密売組織の再編がすすんでいることを気取《けど》られるわけにはいかなかったからね。……で、結局具体的な証拠はなにひとつあがらず、橋屋の捜査力のなさだけが浮き彫りになるかたちで関係者の死の謎《なぞ》はうやむやなまま闇《やみ》に消えた」

捜査力のなさ——だから橋屋は事件に関することを多く残したがらず、美咲ら家族にも、事故死したとだけ告げられてきたのか。

佳鷹はいったん言葉を切り、寒々とした目で美咲を見据《みす》えなおして言う。

「父親を殺し、殺された。きみたちは、そういう因縁で結ばれたあわれな子供たちだ」

美咲は全身が総毛立つのを感じた。自分と椿のあいだにそんな悲惨な事情があったなんて、だれが想像できよう。

「姐さんがおれの依頼にすんなりと乗ってきたのはそんな背景があったからだ。すでに本人への報復は済んでいるものの、仇《かたき》の娘であるきみの幸せは決しておもしろいものじゃない。だからちょっと横やりを入れる程度の気持ちで実行してくれた。まさか凍らせ屋の存在をつきとめて、きみたちが遠野《とおの》に乗り込んでくるとは思っていなかったからな」

たしかに弘人が情報を仕入れてこなかったら、犯人はつきとめられなかった。

佳鷹は衝撃を受けて二の句が継げないでいる美咲を見やりながら、ゆったりと紫煙《しえん》を吐き出す。

「しかしそのおかげで、おれは実物のきみに会うことができた。……美咲、きみはほんとうに不思議な妖気をまとっているな。おれは半妖怪をはじめて見たよ。人が妖怪の子を身ごもるなんて奇跡に近い。なるほど奇跡だ。こんなに特殊な妖気があるとは知らなかった。きみはまぎれもなく、天狐《てんこ》の血脈《けつみゃく》をもつ女だ」

佳鷹はしみじみと言いながら、美咲に一歩つめよった。

「半妖怪であるきみの産む子供は強い力をもつ天狐になるし、きみ自身にも、多少なりともその力は潜《ひそ》んでいるはずなんだ。だから子ノ分店にやって来たきみをはじめて見たとき、すぐに心が決まった。若さんからきみを奪って、天狐の血を利用してやろうってな」

「なんですって？」

美咲はぎょっとする。

土蜘蛛《つちぐも》も、天狐の血脈を利用するために自分を捕らえ、崇徳上皇《すとくじょうこう》に捧《ささ》げようとした。蜘蛛《くも》の巣に縛《しば》りつけられたときの恐怖が脳裏によみがえる。

「いやよ、知らないわ、そんな力。あたしが天狐を産むかどうかもわからないし、もし産んだとしても、その力をだれかに利用されるなんていやよ。あなたには協力しないわ、佳鷹。あたしは酉ノ分店を守っていく。あたしの子も、おなじように店を守って生きていくわ」

佳鷹は冷たい目をしてかぶりをふった。

「きみはその力を店に役立てる必要なんかない。むしろ橘屋を恨むべき立場にいるんだからな」

「恨む？」

美咲は眉をひそめる。

「そうだ。きみの父を殺害したのは天地紅組だが、そもそもきみの父が橘屋という組織に身をおいていなければ検挙は実現していないし、殺《や》られることもなかった。さらに橘屋は、殺害の事実を隠蔽《いんぺい》している。……おれの言いたいことがわかるか？　きみの父は橘屋のせいで死に、橘屋に見捨てられたようなものなんだよ」

　だから、きみも橘屋を恨め。

　佳鷹はそう言って、射貫《いぬ》くようにこっちを見てくる。

「やめて、そんなのこじつけだわ。あたしはそんなふうには考えたくない。あなたなんかにはぜったい協力しないわ」

　美咲はかぶりをふってあとずさった。この少年は、橘屋への恨みを煽《あお》るためにこうしてわざわざ父の過去をあばいたのだ。

　佳鷹は酷薄《こくはく》な笑みを浮かべた。

「橘屋だっておなじことだ。あそこの若さんがきみを娶《めと》るのは、天狐を産むきみの可能性がほしいからだよ」

「なんですって?」

　美咲は耳を疑う。

「考えたことはなかったか。なぜやつがあんなに躍起《やっき》になって自分たちの過去を取り戻そうとしているのか。――心のはなれたきみをもう一度手懐けるために、それが必要だからだ。やつがほしいのはきみじゃない。きみの秘めている可能性だ。きみなんかだれでもよかったんだよ、美咲」

「そんな……」

美咲はわなないた。佳鷹の無慈悲《むじひ》な言葉は、美咲の心を深く抉《えぐ》った。

「やめて……」

弘人は優しかった。自分たちの未来のために記憶を取り戻そうと努力しているふうにしか見えなかった。あの優しさが、そんな計算ずくのものだったとは思いたくない。

「おれは真実を喋《しゃべ》っているだけだ」

佳鷹は冷然と言う。

「いや、やめて……。聞きたくないわ」

美咲は声を震わせた。

疑いもしなかった。まわりがみな自分たちを認めていたから。きっと心から愛されていたのだと信じていた。

でももし、単に天狐の血脈が目的で夫婦になっただけなのだとしたら――。

美咲はこれまで弘人に抱いていた認識に急に自信がもてなくなって、両手で耳をふさいだ。

「かわいそうに。きみは橘屋にとっての道具にすぎない。きみはやつに愛されてなんかいないし、たぶんきみも愛していなかった。記憶をなくしたとたんに気まずくなったのがいい証拠《しょうこ》だ。あんな男との思い出など、はじめから取り返す価値もない」

佳鷹は錯乱《さくらん》状態に陥《おちい》った美咲にむかって静かに言葉をつむぐ。内容をすこしずつ残酷なものにすり替えて、彼女の意識をゆっくりと奈落《ならく》に沈めてゆく。

美咲はふと、体の調子がおかしくなっていることに気づいた。

重心を取りづらくなり、視界が断続的にかすむのだ。

「あ……」

やがて膝《ひざ》が力を失って立っていられなくなり、彼女はその場にすわり込んだ。

「どうかしたか？」

ゆったりと煙管をふかしながら、そうなることを待っていたような顔で佳鷹が問う。

「視界が……」

美咲は強いめまいに襲われて、額《ひたい》を押さえた。霊酒を飲みすぎたときの状態に似ていた。体がふわふわと浮いているような錯覚に陥《おちい》る。

「そう。心配ないよ。はじめての子にはよく起きる症状だ」

そう言って佳鷹もかがみ込み、美咲の蝶の簪にそっと触れてから髪を優しくなでた。

「はじめて……？」

意味がわからず、美咲はうつろな目を佳鷹にむける。佳鷹の吐き出す紫煙のむこうに、美咲よりもずっとはやく意識を失ってしまった運び屋の男の姿が見える。

「まさか……」

「そう、〈惑イ草〉のせいだよ。きみを呼びとめる前にここで焚いた。おれの暗示がかかりやすくなるように。それから、きみの妖力を最大限に引き出すためにだ」

佳鷹は冷ややかな笑みを浮かべて告げる。

そんな……。美咲は佳鷹のことを非難しようとするが、もはや声にはならない。

「耐性のない者には厳しい量を焚いた。この煙からも、たくさん吸い込んでいる。自力で自我《じが》を取り戻すことはもうできないだろう。だれかに中和してもらうにしても、きみの秘めた底力をしのぐ者でないと叶《かな》わない。きみはもうこの先、〈惑イ草〉なしでは生きられない」

佳鷹の吸っている煙草からもたしかにおなじ匂いがしている。彼には耐性があるのだ。この少年は〈惑イ草〉の売人であるだけでなく、自《みず》らが〈惑イ草〉摂取の常習者なのだ。

混濁《こんだく》してゆく意識の中、美咲は自分の髪に触れる佳鷹の手を払おうと右手をもたげた。悪に染まった手で、気安くさわらないでほしかった。

けれど、彼の白い手がその手をとり、愛《いと》しむように握りしめて口づける。

「怖がらなくてもいい。きみは千雪とおなじ妖狐だから、おれのかわいい手下にしてあげよう。これからずっと、遠野でおれと暮らしてゆくんだ。おれが命じることに、きみは従う。そうすれば、褒美《ほうび》にちゃんと〈惑イ草〉を与えてやるよ」

佳鷹の声は、子守唄のようにゆったりと美咲の頭に響く。彼は美咲の耳元に口をよせてさらに酷《むご》い言葉を囁《ささや》く。

「お眠り。目が覚めたら、初仕事がある。きみを欺《あざむ》いたあの鵺《ぬえ》を、さっさと始末してほしい。あの雷神の下僕は邪魔《じゃま》だ。きみの手で、好きなように痛めつけて殺してしまえばいい。惚れた女に殺される地獄を、存分に味わわせてやってくれ」

　弘人を殺す――？

　美咲が抵抗をおぼえてかすかに目をひらく。

　それはできない。あの鵺は強いから殺せない。本能がそう教えている。

　眉根をしぼってそれを訴えようとするのに、佳鷹は聞く耳をもたない。

「大丈夫だ。あの人はきみに夢中だから、手出しはしてこないだろう。きみに殺されることを選んでくれるくらいだ。……首尾《しゅび》よくいったら、彼の遺体は雪の下に隠してしまおう。記憶なんて、失くしたままでいい。なにもかも、雪に葬《ほうむ》っておしまいだ。おれたちふたりの、あたらしい幸福のために」

　佳鷹はゆっくりと言い聞かせながら、子供をあやすように美咲の体を抱きしめる。美咲は体に力が入らず、されるがままになるしかなかった。

　佳鷹の体は冷たかった。冷たすぎて、まるで氷にうずもれているようだった。

　美咲は色を失った唇から、凍《こご》える息を吐き出した。

　父は殺された、天地紅組の者の手にかかって。事故ではなかった。報復のために、故意に息の根をとめられたのだ。

（お父さん――……）

　遠い日の、優しかった父の妖狐の姿が脳裏《のうり》をよぎった。白くて艶《つや》やかな毛におおわれた大きな体。陽《ひ》だまりの匂いがして、いつも温かかった。美咲は、体を襲う凍えから逃れるように、その幻《まぼろし》のぬくもりにすがった。

佳鷹は、弘人を呪《のろ》う言葉を耳元で囁き続けた。

父の死が殺害によるものだった衝撃と、父もまた椿の父を殺《あや》めていたこと、そして弘人に対する失望が美咲の頭の中でぐるぐると複雑に渦巻《うずま》きはじめていた。

あたしは愛されてなどいなかった。道具として利用されようとしていただけだった。父の死を隠し、父を見捨てた橘屋に——。

佳鷹の暗示に意識をからめとられ、その混沌《こんとん》とした感情が、弘人に対する憎しみ一色に塗り替えられるまでに時間はかからなかった。

3

その日、賭場《とば》に椿《つばき》はあらわれなかった。

弘人は、常連とおぼしき博徒《ばくと》から、近ごろ遠野《とおの》から仕入れた〈惑《まど》イ草《ぐさ》〉で荒稼《あらかせ》ぎしている小《こ》間物問屋《まものどんや》が寅《とら》ノ区界《くかい》にあるのだという噂《うわさ》を入手していた。

男は話ついでにしきりに酒をすすめてきたが、賭場においてあるのは安くてまずい酒だったし、酔っ払って美咲に手を出してもいけないので断った。それは正解だった。飲んでいる場合ではなかった。

一時間ほどたった頃、佳鷹《よしたか》が思わぬ客を連れてあらわれた。

弘人は息を呑《の》んだ。水干《すいかん》姿の彼のとなりに支えられるようなかたちで立っている女は、美咲《みさき》だったのだ。

「美咲……」

うつろな表情でぐったりとしており、あきらかにようすがおかしかった。銀糸《ぎんし》で小菊の刺繡《ししゅう》された半襟《はんえり》に撫子色《なでしこいろ》の小袖《こそで》は美しいが、しどけなく着崩れていた。手には見たことのない抜き身の短刀《ドス》まで握っている。

「ああ、いたいた。探したよ、若さん」

佳鷹が弘人の姿を見つけて言った。

これまで彼にあった謙虚《けんきょ》な印象はほとんど失せている。

珍客の登場に、博徒たちが一気にどよめいた。口笛をふいてひやかす者、下心むき出しで、舐《な》めまわすように美咲の体を見る者――。

美咲は佳鷹の声とまわりのざわめきに反応して顔をあげた。

何人かの博徒を隔《へだ》てて、弘人と美咲の視線がぶつかる。

目があったとたん、美咲の瞳《ひとみ》がぎらりと鈍《にぶ》い光をおびた。そのままふらりと佳鷹のもとをはなれ、手にした短刀で弘人のほうに襲いかかろうとする。

「まて。あの人と話がある」

佳鷹が美咲の腕をとって制した。

弘人は、美咲が自分に殺意を抱いていることに気づいた。

はじめ、酒を飲ませて暗示をかけたのかと思ったが、顔は赤らんでいないし、それよりももっと病《や》んだような異質な感じが漂っていた。いくら強い暗示をかけられても、ここまでの状態にはならない。

「おまえ、まさか……〈惑イ草〉をつかったのか?」

弘人ははたとそのことに思いいたり、佳鷹を見た。

佳鷹は涼しい顔で否定した。

「つかったのはおれじゃない。〈惑イ草〉密売の捜査中にこの子がいきなり首を突っ込んできて、巻き込まれてしまっただけだ」

「見えすいた嘘《うそ》をつくな。おまえなんだろう、天地紅組《てんちべにぐみ》とつるんでる橘屋《たちばなや》の店員てのは」

弘人は確信を込めて言った。〈惑イ草〉に侵《おか》された美咲が立派な証拠だ。

美咲から記憶を抜くよう、凍らせ屋である椿に依頼をしたのもこの少年なのだろう。

しかし佳鷹はそれを認めることなく、淡々と問い返してきた。

「どうして黙っていたんだ」

「なんのことだ?」

「見ていたんだろう。坑道《こうどう》で」

坑道で——美咲は佳鷹と唇《くちびる》を重ねていた。そのことをさしているのだとすぐにわかった。

ちがう。あれは見せていたのだ。坑道が繋《つな》がっていることを、はじめから佳鷹は知っていた。

「おれを煽《あお》るためだったのなら成功してないぞ」

弘人は強気で返した。実際、金縛《かなしば》りの法でもつかってしたことのようにしか見えなかった。

それを話してくれなかった美咲には複雑な思いを抱いているが。

「へえ、意外と冷静なんだな。千雪《ちゆき》とちがって、まだなにも知らない初心《うぶ》な唇だった。——無理もないか。あんたが教えてやったことはぜんぶ、きれいに消えてなくなってしまったんだもんな。おれにはこの子は退屈すぎて、千雪の身代わりにする気も起きない」

そう言って佳鷹は右手の指先で、傍《かたわ》らにいる美咲の唇をまるで自分の体の一部であるかのようになぞる。

美咲は佳鷹に触れられても平気な顔をしている。暗示をかけられて、彼に忠誠でも誓ったか。

「あんた、どうして黙ってるんだよ。はらわたが煮えくり返っているくせに」

佳鷹は、弘人が苛立《いらだ》ちをつのらすのを見てあざ笑う。

「千雪とはだれのことだ？」

弘人は佳鷹の挑発をかろうじて無視し、耳に憶《おぼ》えのない名だったと思って問いただす。

「あんたのせいで死んだおれの女だよ、若さん」

「おれのせいで?」

弘人は眉《まゆ》をひそめる。ふたたび記憶をたどるものの、千雪という女の知りあいはいない。ここ最近は、だれかとやりあって命を奪ったこともない。

「おまえの目的はなんなんだ、佳鷹。ほしいのは美咲自身だったのか?」

自分にむけられる、ただならぬ怨讐《おんしゅう》の念を感じながら弘人は問う。本人の言うとおり、美咲に執着《しゅうちゃく》しているというよりは、こっちを強く恨《うら》んでいるようだ。

「本来の目的はそうじゃないが、いまとなっては、この天狐《てんこ》の血脈《けつみゃく》をもつ女も手放しがたい」

佳鷹は美咲の腰を抱く手に力を込めて、うっすらと笑った。

「天狐の血脈だと?」

またこの手の悪鬼《あっき》の標的にされてしまったのか。

弘人は美咲に目をうつす。彼女は、佳鷹に束縛《そくばく》されたままぼんやりと虚空《こくう》を見つめている。

〈惑イ草〉に酔って、自分たちの会話などどれほども理解していないように見受けられる。

「いいことを教えてやるよ、若さん。凍らせ屋ってのは、頭の中で記憶を凍らせるだけだ。記憶はちゃんと彼女の中にある。それがどうなるのかは、この子の意思次第だ」

「なに?」

弘人は聞きとがめる。

「意思次第とは、どういうことだ。思い出そうとすれば記憶は戻るということか?」

しかし弘人が問うても、佳鷹はそれ以上はなにも語ろうとせずに不敵な笑みを返すばかりだ。

「なあ、若さん。この子はほんとうは、あんたのことなんて忘れたかったんじゃないか？　坑道で、名残惜《なごりお》しそうに言ってたよ。店なんか継がずに、現《うつ》し世《よ》で人間として暮らすこともできたのだと。案外、そっちのほうが幸せだったのかもしれないとさ。そんな気持ちが強いから、この子にはいまもあんたの記憶が戻らないんだよ」

「なんだと？」

そうなのだろうかと一瞬弘人は言葉をつまらせた。しかし、じきに考えをあらためた。

半妖怪である美咲の幸せがどの選択にあるのかはわからない。だが、自分は彼女を幸せにしてやると決めた。彼女も自分と生きる道を選んだ。だからいまがあるのだ。

美咲の記憶は抜かれてなくなった。佳鷹の言葉は、自分を煽って混乱させるための欺瞞《ぎまん》だ。真《ま》に受けてはならない。

「つまらないことならべてないで、さっさと子《ね》ノ分店《ぶんてん》に出頭しろ」

弘人は鋭く命じた。

いっこうに決闘がはじまらないので、まわりの博徒たちが野次《やじ》を飛ばしてくる。

佳鷹はいまひとつ手ごたえのない弘人に業《ごう》を煮やし、

「正直、記憶を奪った犯人をここまで追ってくるとは思わなかった。本店の若様なんて、自分を忘れた女なんかすぐに捨てて、べつの相手を探しに行くだろうと思ってたんだ」

蔑《さげす》みと畏敬《いけい》の両方を滲《にじ》ませて言う。

「おれはそんないい加減な気持ちでそいつに惚《ほ》れてるんじゃない。自分からそいつを手放す気はないし、ほかのどの女もそいつの代わりにはならない」

弘人は佳鷹を睨《にら》み据《す》えて、きっぱりと言った。

「そうか。あんたも相当この子に御執心《ごしゅうしん》のようだな。でもそのほうがいい。惚れた女に殺《や》られる地獄をより深く味わってもらえるんだからな」

そう言って佳鷹は、つかまえていた美咲の腕をはなし、弘人にむけて彼女の背を押した。

「さあ、もういいぞ、美咲。あの人を、好きなだけめった刺しにしてやれ」

それまでぼんやりしていた美咲が、その佳鷹の命令にはっと我《われ》に返って、正面にいる弘人に焦点《しょうてん》をあわせた。眼差《まなざ》しが一気に剣呑《けんのん》なものに変わる。

次いで、手にしていた短刀《ドス》の柄《つか》を握りなおし、ひらりと跳躍したかと思うと、博徒の頭をひとつ、ふたつ飛び石のように踏み越えて、間合いをつめてくる。

なんという素早さ。

〈惑イ草〉で内なる妖力《ようりき》を引き出され、増幅しているのだ。

目を瞠《みは》っているうちに、短刀を突き立てて斬《き》りかかってくる。

壁際《かべぎわ》にひいた博徒どもが、興奮した目で美咲の動きを追う。

弘人は博徒の中に伊達《だて》で脇差《わきざし》を佩《は》いている男を見つけ、それを勝手に引き抜いて応戦した。

「美咲、剣をおさめろ」

弘人が脇差で短刀を打ち払おうとするが、美咲は舞でも舞うかのような優美な所作《しょさ》でそれをかわす。

す、と剣先が美咲の袂《たもと》にひっかかり、わずかに裂ける。そこで弘人は、自分が美咲ごときに一瞬本気を出しかけていたことに気づく。

出会ったころ、祖母のハツが言っていた。美咲には力が十分に備わっているのだと。

たしかにそのとおりだった。裏町だけで暮らし、日々鍛錬《たんれん》していれば、これくらいの身体能力はあったはずだ。

だがしょせん、場数を踏んだ者の腕にはかなわない。

「背中が隙《すき》だらけだぞ」

美咲の突きをかわした弘人が、横をすりぬけて背後にひとつ肘鉄《ひじてつ》をくらわせる。

よろめきかけたところへ、右手を打ち据えて短刀《ドス》をはたき落とし、彼女を羽交い締《はがじ》めにする。

ふと見慣れない蝶《ちょう》の簪《かんざし》が目に入った。結いあげた艶《つや》やかな髪にしっくりとおさまっている。

こんなものを、美咲はいままでつかっていただろうか？

「はなして！」

美咲は全身で抗《あらが》った。

弘人はぞくりと身を震わせた。美咲から、清らかで神気《しんき》に満ちた、もっと嬲《なぶ》られたくなるような妖気があふれ出る。

惹《ひ》かれるわけだ。いま美咲がまとっているのは、自分とおなじ神獣《しんじゅう》の妖気だ。

同時に、純白のつややかな毛並みの妖狐《ようこ》の姿が脳裏《のうり》にまたたく。

これがこの女の秘めている正体なのだ。いずれ天狐を産み落とす、高潔《こうけつ》な血を宿した特殊な体。本能に訴えてくる幻惑《げんわく》に、目がくらみそうになる。

その一瞬のひるんだ隙をついて、美咲が強い力で腕をといて弘人から逃れた。

すると今度は、いつのまにか迫っていた血気盛んな博徒のひとりが、物ほしげな顔で美咲の足首を捕らえた。耳の尖《とが》ったごつい男だ。もはやこらえきれないといったようすで、つかんだ彼女の足を引っぱる。

その場にいたどの妖怪もが、美咲のまとう妖気に魅《み》せられていた。喰《く》って、己《おのれ》の中に力を取り込みたいのだ。

美咲は重心を失ってその場に崩れ、男に力ずくで組み敷かれた。

「美咲！」

しかし次の瞬間には、美咲の手が落とした短刀《ドス》を拾い、切っ先をずぶりと男の肩先に沈めていた。男はくぐもった唸《うな》り声をあげた。

短刀はじきに引き抜かれ、男の体は血を吹いた。

「邪魔《じゃま》しないで」

美咲は異常な興奮状態のまま叫ぶように言った。返り血を浴びても、平然と二の突きを繰り出そうと腕をふりあげる。

これはまずい。放っておいたら血の海になる。

「美咲、やめろ！」

弘人は男の体を蹴《け》り飛ばし、ふたたび彼女の体をつかまえて、その手から短刀《ドス》を叩《たた》き落とす。

「はなして！」

美咲は弘人から逃れようと暴れた。

ひと思いにとどめを刺してしまえれば簡単に片はつく。だが、どうなろうともこの女は美咲でしかありえない。手酷《てひど》いことはできない。佳鷹はこのことを知っていて美咲を自分にさしむけているのだろう。

思惑《おもわく》どおりになって、勝ち誇ったような顔の佳鷹が視界の隅にうつる。共倒れになるのさえ計算に入れているかもしれない。

弘人は御封《ごふ》をまいた。おびただしい数の御封がビラビラと生き物のように賭場を舞って、居合わせた妖怪たちの動きを封じた。

罵声《ばせい》と怒号《どごう》のあがるなか、弘人はさらに目くらましの小玉をいくつか放った。

三つを数える間もなく、白く濃い煙幕が生じてもうもうと視界を埋めてゆく。

弘人は、美咲の胸元にも一枚御封を貼ると、彼女の体を抱いたまま賭場を出た。

これでしばらく、佳鷹も含めた天地紅組の連中はあそこに足止めを食らうことになり、時間を稼《かせ》ぐことができる。

4

弘人《ひろと》は大路《おおじ》沿いを歩く妖怪を引きとめて、薬種問屋《やくしゅどんや》の場所をたずねた。

美咲《みさき》の中にある〈惑《まど》イ草《ぐさ》〉の麻薬成分を一刻もはやく中和せねばならない。

十軒ほど先にあるというので、御封《ごふ》を貼られてもなお抵抗して手足をばたつかせる彼女をなんとか横抱きにしてそこへむかう。

髪結床《かみゆいどこ》と鋳掛物屋《いかけものや》に挟まれて、濃紺《のうこん》の立て看板を掲《かか》げた薬種問屋がたしかにあった。

「橘　屋《たちばなや》だ。中和の紅花《べにばな》を出せ。急いで」

弘人は中へ入るなり、店主とおぼしき男に命じた。

中和の紅花というのは、現《うつ》し世《よ》にあるキク科のものとは異なるの異界の花で、文字どおり〈惑イ草〉の麻薬成分を中和してくれる紅色の花びらのことをいう。中毒者のあふれているこの土地なら常備してあるはずだ。

「どうなされました。急性の中毒患者ですか」

店主は濃紺の作務衣《さむえ》姿で、薬師《くすし》も兼ねている風体《ふうてい》の男だった。

抱きかかえられている娘の様相と、弘人の切羽《せっぱ》つまったようすにおののいて、指示どおり薬《くすり》棚《だな》からあたふたと紅花の入った小ぶりの甕《かめ》を取り出す。美咲の胸元の御封を見て橘屋と認めたらしく、態度はすこぶる従順だ。

弘人は美咲の足をおろして立たせ、片腕で彼女の身柄《みがら》を拘束しながら、もたつく店主から甕ごと紅花をさらった。

「部屋を借りるぞ」

断りを入れて、勝手に店の奥へと入ってゆく。

「お手伝いいたしましょうか。おひとりで飲ませるのはなかなか骨が折れますぞ」

薬師が弘人の無遠慮なふるまいに気圧《けお》されつつ申し出るが、

「来るな。この女は正気じゃない。……それからおれたちがここにいることはだれにも喋《しゃべ》るな。とくに天地紅組《てんちべにぐみ》の連中には注意しろ。いいな？」

座敷《ざしき》にあがり込んだ弘人は鋭く言いつける。

「は。かしこまりました」

「すまない。薬代と迷惑料はひと月以内に本店の会計方に好きなだけ請求してくれ」

しかと頷《うなず》く薬師を尻目《しりめ》に、弘人はぴしゃりと障子戸《しょうじど》を閉めた。

そこは商談などにつかうための、六畳《じょう》ほどの狭い和室だった。調度の類《たぐい》はなにもなく、折り畳《たた》み式の机が壁に立てかけてあるくらいだ。

弘人は抵抗を続けていた美咲の体を、畳《たたみ》の上にいささか乱暴に横たえて、四隅に御封を飛ばして部屋いっぱいの結界《けっかい》を張った。

これで、彼女が逃れることはもうできない。

弘人は紅花の甕を逆さにむけると、美咲の体めがけて中味を一気にぶちまけた。

紅《あか》く丸みのある薔薇《ばら》に似た花びらが、ひらひらと彼女を取り囲むように畳一面に散らばって、甘さと苦みの混在する独特の香りがあたりに漂いはじめる。

隠り世《かくよ》の紅花の花びらは、血のように紅い色をしている。口にすれば熱で溶けて、その色から連想されるとおり生血《なまち》のような味と舌を刺す苦みのある液体に変わる。それが、〈惑イ草〉の麻薬効果を打ち消す有効成分となるのだ。

ただし半妖怪である美咲に、どれほどの効果があるのかは未知数だ。万が一、この薬草が体にあわなければ、死んでしまう可能性も考えられる。

(それでもこのまま放っておくわけにはいかない……)

美咲は畳に横になったきり、肩で息をしている。消耗《しょうもう》が激しいようなので、弘人はひとまず胸元に貼っていた御封をはずしてやった。

美咲は荒い息をしながらもゆっくりと半身を起こした。

起き上がる体力を残していたことに、弘人は驚いた。

「こんなもの！」

美咲は顔や体にかかった花びらをいまいましげに取り払った。よろよろと立ちあがり、そのまま足を引きずるようにして結界の角にむかう。

「出して……」

結界にぶつかって出られないことを知った美咲は、そこにぎりぎりと爪《つめ》を立てて障壁《しょうへき》を崩そうとする。

「無駄だ。正気を取り戻すまで、おれはおまえをここから出さないぞ」

弘人は背後から美咲の両手首をつかんで彼女をとめた。こんな暗示と〈惑イ草〉に侵《おか》され、自我《じが》の制御《せいぎょ》がきいていない状態で結界を崩すことなどぜったいにできない。爪を傷《いた》めるだけだ。

「いや、いや。開けて、ここから出して。おねがい」

美咲はかぶりを振り、乱れた着物もそのままで叫ぶ。もはや相手を始末するという目的を忘れている。〈惑イ草〉が切れはじめてそれどころではなくなっているのだろう。

「落ち着け、美咲。〈惑イ草〉を中和してやるから、おれの言うとおりにしろ」

弘人は美咲に正面をむかせて、目をあわせた。〈惑イ草〉は依存性《いぞんせい》が非常に高い。たった一度の摂取《せっしゅ》でもこんなふうに耽溺《たんでき》して、じきにあたらしいものをほしがり、他者に刃むかうようになるから恐ろしいのだ。

「邪魔《じゃま》しないで。あんたのことなんか、嫌いよ！　言うことなんて聞かない。手をはなして！」

美咲は弘人を睨《ね》めつけ、殺気をみなぎらせて凄《すご》んだ。

弘人は目を疑った。美咲にこんな顔をされる日が来るとは思わなかった。いったいなにを吹き込まれたというのだろう。彼女は自分を嫌いだと言う。蔑《さげす》むような目をして拒《こば》む。

——忘れたかったんじゃないか？　あんたのことなど。

佳鷹の言葉が脳裏《のうり》をかすめる。挑発だとわかっているのに、どこかにそんな不安があるから否定しきれず苛立《いらだ》ちがつのる。

「おれを嫌いだと？　寝言《ねごと》をぬかすのもたいがいにしろ」

弘人は惑いを打ち払うように美咲の体を荒々しく畳に押し倒し、馬乗りになって彼女の自由を奪った。

「〈惑イ草〉ならもうない。おまえが貰《もら》えるのはこれだけだ」

あたりに散っている紅花をつかんで、美咲の口に押しつける。

しかし〈惑イ草〉に侵《おか》された体は、けっして紅花を受けつけようとはしない。

「いや！　いらない……やめて……」

美咲は顔をそむけ、すらりと伸びた手足をばたつかせて、あらんかぎりの力で弘人に抗《あらが》う。

体内に蓄積《ちくせき》した〈惑イ草〉にその意思があって、駆逐《くちく》されるのを拒んでいるかのようだ。

揉《も》みあっているうちに美咲の着物はどんどん着崩れ、下肢《かし》があらわになる。口に入りそこねた花びらが、はだけた胸元に散らばってゆく。

弘人は一瞬、そこに目を奪われた。

乱れた半襟《はんえり》と真紅《しんく》の花びらに彩《いろど》られたなめらかな肌が誘う。白い皮膚《ひふ》を裂いて本物の血の花を咲かせたら、さぞ美しいだろう。牙《きば》を立てたい衝動《しょうどう》にかられて、弘人はきつく目を閉ざした。

（めまいがする……）

美咲に人間の血が混ざっているせいだ。食欲と、雄《おす》としての本能を同時に駆りたてる、この脆《もろ》さと背中あわせの危険な彼女の精気が理性を惑わすのだ。

現し世で育って正解だった。こんな特異な色香《いろか》を日常的にまとって暮らしていたら、とっくに悪鬼《あっき》どもの手に堕《お》ちて喰《く》われている。さきほどの賭場《とば》の騒動がいい例だ。

隙《すき》を見つけた美咲が弘人の右上腕に爪を立てた。

「あんたなんか、あたしの爪で殺してやる！」

美咲は恨《うら》みの込もった声で唸《うな》るように言うと、渾身《こんしん》の力を込めて破魔《はま》の力をつかった。

神気《しんき》に満ちた強い妖力《ようりき》が新たに体中からあふれて、あたりの空気を震わせる。

焼けるような激痛が骨にまで響いて、弘人は呻《うめ》いた。

深藍《ふかあい》の小袖《こそで》を裂いた爪は皮膚をも抉《えぐ》り、深い傷をつくった。

破魔の力を受けたのははじめてだ。気脈を崩され、肉と骨をじかに縛《しば》られるような、これまでに経験したことのない異質な痛みが、瞬時に傷口から体内にひろがる。

「クソ」

弘人はさらに妖気を込めた強い力で彼女の手首をつかみ、皮下《ひか》にめり込んだ鋭い爪を引きはがした。細かな雷が炸裂《さくれつ》して、美咲が悲鳴をあげる。

「これ以上あたしに触るな、雷神の下僕《げぼく》が！」

美咲は手首をかばい、痛みに喘《あえ》ぎながら毒づいた。

「黙れよ。おまえが惚《ほ》れてた男だろうが」

弘人は美咲の胸元の手を取っ払い、彼女の抵抗を抑《おさ》えるためにふたたび御封を貼りつけた。

青白い焔《ほむら》がたって完全に動きを封じ込められると、強気だった美咲の面《おもて》にかすかに怯《おび》えのような色が浮かんだ。

「どうする、龍の髭《ひげ》で縛《しば》られるか。それとも毒をまわしてやろうか？　このままじゃ、どうせおまえは殺戮《さつりく》を繰り返して高野山《こうやさん》行きだ」

弘人は、ふたたび力を奪われて弱りはじめた美咲の両手を畳に縫《ぬ》いとめて脅《おど》した。

「だれが……あんたのいいなりになんか……」

美咲は荒い息を吐きながら、なおも敵意をむき出しにして逆らう。

「目を覚ませ、美咲。助かりたければ、おとなしくこの花を呑《の》め」

弘人は紅花を無理やり美咲の口にねじ込んだ。

雑言《ぞうごん》を吐く美咲が憎らしかった。佳鷹の暗示によるものだとわかっていながらも、記憶を失くして自分を拒む彼女自身と重なって、荒《すさ》みかけていた神経をさらに逆なでした。

ついこの前まで、自分しか見ていない、かわいらしくて柔順な女だったのに――。

美咲が眉根《まゆね》をしぼって息苦しさに呻いた。

花びらが溶け、血の色をした液体が口からどっとあふれて白い喉《のど》を伝う。まるで彼女が血を流しているように見える。

「い……や……」

美咲が拒むせいで、彼女に残っている妖気が自分の妖気と対極のものになり、肌をびりびりと刺激した。このまま触れ続けたら、どちらの神経もすり減って疲弊《ひへい》してゆくだけだ。

けれどももう引き返せない。中途半端《はんぱ》な量の紅花に〈惑イ草〉が耐性をつけてしまえば、薬物依存の地獄から抜け出す術《すべ》はなくなる。

「花を呑み下せ、美咲！」

弘人はもう一度美咲の口に紅花を押し込んで、そのまま嚙《か》みつくように唇《くちびる》を塞《ふさ》いでやった。

（あんな雪妖《ゆきよう》にみすみす口づけられやがって……）

坑道《こうどう》で見せつけられた姿が頭にちらついて、苛《こら》立ちが増す。

ひとたび唇を重ねて彼女の熱を感じると、堪えていたものが一気にあふれて理性がとびそうになった。

この女はだれにも渡したくない。

おれだけを見て、おれのためだけに生きていればいい。

強い独占欲にとらわれて、弘人は美咲の体をきつく抱きすくめた。

熱で溶けた紅花の花びらが、ふたりのあいだでどろりとした液体に変わる。

やがて息苦しさに負けた美咲が、喉を震わせてそれを呑み下す。

「呑んだか……」

弘人はいったん口づけをやめて美咲を見おろした。自分の口腔内《こうこう》にも、紅花のもつ独特の苦みが滲《にじ》んでいる。

美咲は何度か咳《せ》き込み、浅い息を繰り返しながら腹立たしげにこっちを睨《ね》めつけてきた。血に濡《ぬ》れたように見える艶《つや》やかな赤い唇が、なにかを訴えようとしてかすかに開きかける。

恨み言に決まっているから、聞いてやる気にはなれなかった。

弘人は代わりに唇の隙間にあらたな紅花を押し込み、ふたたび口づけて彼女の声を奪った。

助けているのか、痛めつけているのか、もうどっちかわからなかった。たぶんその両方だった。

右腕に受けた傷から血が流れ、なにかの警告のようにずきずきと疼《うず》く。

けれど抗う美咲を無視して、弘人は攻めるように唇を割って口づけを深めていった。

いっそのこと死んでしまえばいい。このまま自分を思い出さずに、ふたたび恋に落ちることもなく、いずれほかのだれかの手に渡ってしまうくらいなら——。

からめた舌の上で花びらが溶けだして、次第にかたちを失ってゆく。互いの熱と苦い味だけ

がそこに残る。

　出会ったころにも、おなじようなことをした。彼女の中の寄生妖怪をこっちの体におびきよせるためだったか。

　あのときは、なんの感情も抱いていなかった。橘屋の身内を見殺しにするわけにはいかない。義務感から、なすべきことをしたまでだった。

　でもいまはちがう。独占欲に満ちた激しい情動に突き動かされて美咲を救おうとしている。濁《にご》って屈折《くっせつ》した愛情が、胸にどろどろと渦巻《うずま》いている。

（おれはどうかしている……）

　美咲は驚くほど強大な力を秘めていた。そういう強いものを貶《おとし》めて手懐《てなず》けたいという、動物的な本能からくる高まりを抑えられなかった。一方で理性をとどめようとする意識とがせめぎあって、精神的にひどく消耗しているのがわかった。

　実際、腕に受けた美咲の破魔の力のせいで、身も心もずたずたに苛《さいな》まれていた。

　破魔の力は、そのおなじ力を授かった者どうしでも強い効き目を発揮するから容赦《ようしゃ》がない。御封にしてもそうだ。まるで身内の裏切りにそなえて存在しているかのような皮肉で残酷な能力だ。

　それから、ふと、美咲の気配が変わった。

　気づくと、彼女からはすっかりと妖気が失せていた。ぐったりとした体で、自分をしどけなく見つめているのだった。

美咲――？

半目の潤《うる》んだような瞳。そこには恐れも、怯えも、固い拒絶も見られなかった。

目をあわせているうちに、弘人はふたたびめまいをおぼえて視線をよそにさまよわせた。

赤い花びらが、美咲を取り囲むようにして散りひろがっていた。

きれいに結ってあった髪はほつれて細い肩にこぼれ、唇は溶けた紅花のせいで鮮やかな赤色に濡れていた。はだけた半襟からのぞく胸元。自分の傷から流れた血に染まった小袖。力を失って投げだされた白い足。

けれど、そんな姿になっても美咲は清らかだった。彼女自身が、踏みつけられて息絶えそうな一輪《いちりん》の美しい花のようだった。

弘人は酩酊《めいてい》したような感覚のまま、美咲の帯締めに手をかけた。

彼女はなにも言わなかった。

このまま抱いてしまおうと思った。もっとこの女が自分のものなのだという実感がほしい。

「美咲……」

耳元に口づけながら、許しを乞《こ》うように名を呼ぶ。目を覚ましてすべて知ったら、きっと傷つくだろう。それでもかまわない。

自分もまた、美咲の強い妖気にあてられて、おかしくなっているのにちがいなかった。

美咲は無言のまま、おとなしく身をゆだねてきた。いつもの、素直でおだやかな彼女だった。鼓動《こどう》を感じながら白くすべらかな素肌を愛《め》でているうちに、猛《たけ》っていた気持ちが次第に鎮《しず》められてゆくのがわかった。代わって純粋な愛《いと》おしさが込みあげて、肌をあわせずにはいられなくなる。

記憶さえなくならなければ、もっとはやくこんなふうに愛しあうことができたのに――。

けれど美咲の柔順さは、自分を受け入れたのではなく、意識の障害によるものだった。

なんの反応もないことに違和感をおぼえて、弘人は美咲の目を見た。そこにはなにも映っていなかった。彼女は完全に意識を失っていた。

青ざめた面を目の当《ま》《あ》たりにして、ひやりと頭の中が冴《さ》える。

紅花を呑んだ者が、効きはじめにこうして意識を喪失《そうしつ》するのは決してめずらしいことではない。だが、美咲は半妖怪だ。異界の花そのものが体にあわずに死ぬこともありうる。

承知の上でつかったのだ。ほかに彼女を救う方法はなかったから。

「美咲」

もう一度静かに名を呼ぶが、返事はなかった。

自害した白菊《しらぎく》の姿が脳裏《のうり》をよぎった。美咲が記憶をなくしたときからずっと、そのまぼろしがちらついていたことを思い出した。もう自分のもとには戻らないのではないかという、怯えに似た不安とともに。

どうしようもない虚無感《きょむかん》に襲われながら、弘人は悔《く》やむように口元を拭《ぬぐ》って美咲からはなれた。

破魔の力に侵《おか》されて鉛《なまり》のように重くなった体で、必要のなくなった結界を解いた。

紅花の濃い香りが一気に外へ逃げた。

気配に気づいた薬師の夫婦が部屋に駆け込んできた。

美咲が血みどろで横たわっているのと錯覚《さっかく》した薬師の女房が、悲鳴をあげた。

第五章　氷結の城

1

鬼火《おにび》の炎が、にぎわう大路《おおじ》を等間隔《とうかんかく》に照らしている。

両脇《りょうわき》には夜見世《よみせ》が立ちならび、往来《おうらい》は異形《いぎょう》の者たちでにぎわっている。

色鮮やかな風車《かざぐるま》が、夜風に吹かれてまわっている。

カラカラと乾いた音が、耳の奥に響く。

おぼえている。これは裏町で、いつか見た祭りの風景だ。

美咲《みさき》はだれかとそこに来ていた。けれどいつのまにかはぐれて、ひとりぼっちになったのだ。

見知らぬ国のどこかにおきざりにされたような、よるべない思いを抱《かか》えて、美咲は道の真ん中でただひとり立ちすくんでいる。

どうしよう。あたしはどこへ行けばいいの。

右を見ても左を見ても、知らない妖怪の顔ばかりだ。やがてそれらがぐにゃりと得体《えたい》の知れない黒々とした影に変わり、自分までが呑《の》み込まれるような恐怖に陥《おちい》る。

美咲は泣きだしそうになり、せりあがってくる不安を必死で抑《おさ》えとどめるように両手で面《おもて》を隠す。

たすけて。帰り道がわからない。

あたしはどこにも帰れない。

自分さえも見失って、その場に崩れそうになったとき。

――大丈夫か。

ふと聞き覚えのある声がして、美咲は顔をあげる。

異形の者たちの中に、優しい目をして自分を見ている男がいる。

目があったとたん、胸にふわりと綿《わた》に包まれたような安堵《あんど》がひろがる。

孤独と不安に怯《おび》えて震えていた美咲の唇《くちびる》が、その男の名を呼ぶ。

彼女は、それがだれだか知っていた。


美咲は目を開けた。

見覚えのない部屋に寝かされていた。十畳《じょう》ほどの和室で、隅には鏡台と衣桁《いこう》しかなく、室内にはとても清らかで静謐《せいひつ》な空気が満ちていた。

雪見障子《しょうじ》のむこうに、積雪した庭がひろがっていた。

静かな朝だ。雪が、この世の音という音をすべて吸収しつくしてしまったかのように。

美咲は、さらりと肌触りのよい上質な寝間着を着ていた。だれかが着せてくれたらしい。

ふと、となりの布団《ふとん》にもうひとりだれかが眠っていることに気づいた。

弘人《ひろと》だった。

美咲はなんとなく半身を起こし、そっと弘人の寝顔をのぞき込んだ。

起きあがると、こめかみにわずかな痛みが残っていて、体がだるかった。

弘人は目を覚まさなかった。

美咲は黙って弘人の寝顔を見つめた。彼の頬《ほお》に、ぽたりと水滴が落ちて、美咲は眉《まゆ》をあげた。

それが自分から流れ落ちた涙だと気づくのにすこし時間がかかった。涙を流すような感情の高まりなどなかったから。

（どうして涙が……）

いま美咲の胸を占めているのは、凪《な》いだ湖面《こめん》のようにおだやかな気持ちだ。それなのに涙はぱらぱらと落ちて、弘人の頬を濡《ぬ》らした。

頬に水滴を感じてか、弘人が瞼《まぶた》をふるわせて目を覚ました。

「美咲……」

美咲が泣きながら自分をのぞき込んでいるので、弘人はずいぶん驚いたようだった。

それからそのままの体勢で、すっかり明るくなった室内に視線をめぐらせて、彼も朝が来たことを知る。

「大丈夫か？」

弘人はふたたび美咲に目を戻してから、問う。

美咲が無言のまま頷《うなず》くと、

「ごめん……おれが、怖かっただろ……」

ぽつりと弘人が言った。彼は自分のしたことを悔《く》やんでいる。そういう暗い目をしていた。

はじめはなんのことかわからなかった。それから昨夜の出来事がおぼろげに頭によみがえり、彼の言葉の意味を理解できた。

「ちがうわ」

美咲は小さくかぶりをふった。そうではない。この涙は自分の意識や感情とは無関係に流れるものだ。

「じゃあ、どうして泣いているんだ」

弘人は表情を変えることなく、ひっそりと沈んだ声で問い返す。なにか覚悟のようなものさえ感じられるのだった。

「わからないの。勝手に涙が……」

美咲は、涙を拭《ぬぐ》いながら返した。それから、枕元《まくらもと》の盆においてあったミネラルウォーターと、いくつかの薬包《やくほう》に気づく。

「これはあたしの薬？」

「痛み止めと滋養剤《じようざい》。……おれと、おまえのぶんだ」

その言葉で、自分が弘人を傷つけたことを思い出した。

「あたし、ヒロに破魔《はま》の力をつかったわ。そうよね？」

美咲はなんとなく、布団《ふとん》の中にある弘人の上腕《じようわん》あたりに目をやった。

「ああ、大丈夫だよ。気にするな」

そう言うわりに、弘人は起きあがろうとしない。起きあがれないのだ。

自分が弘人につかった破魔の力は、たぶん〈惑イ草《まどぐさ》〉のせいで、これまでよりもずっと威《い》力《りよく》のあるものだった。彼もきちんと清潔な寝間着を着ているが、腕にはきっと包帯が巻かれているのにちがいない。

「おまえは、どこも痛まないか？」

「……ええ。大丈夫」

痛みはないが、美咲にもやはり起きてどこかに行こうという気力はなかった。それより喉《のど》がひどく渇《かわ》いていたので、腹這《はらば》いのままミネラルウォーターに手をのばして飲んだ。

きんと冷えた水が喉をおりてゆく。寒いけれど、寝起きの喉が潤《うるお》うのは心地よかった。

「おまえの涙、冷たいな」

弘人がとなりで、美咲の涙で濡れた自分の頰に手を触れながらつぶやいた。

「冷たい？」

美咲は依然《いぜん》として頬を伝う自分の涙をさわってみた。たしかにそれはひんやりと冷たかった。まるで雪解け水のような触れ心地だ。

「きっと寒いせいだ……。ここは薬種問屋《やくしゅどんや》の夫婦にかしてもらった部屋だよ。おれやおまえの介抱《かいほう》もしてくれた」

弘人は、美咲から飲み残したミネラルウォーターを気《け》だるそうに取りあげながら言った。

自分の体をきれいにして着替えさせたり、気をきかせて薬を用意してくれたのはここの女房なのだという。

「体、ほんとうになんともないか？　おまえ、〈惑イ草〉を仕込まれて、佳鷹《よしたか》に洗脳《せんのう》されていたんだ。それから賭場《とば》でおれと戦闘になって、おれが無理やりここに連れてきて〈惑イ草〉を中和した。佳鷹のことは子《ね》ノ分店《ぶんてん》に連絡して、捕らえるように言ってある」

弘人は淡々と説明する。張りがあってなめらかな、耳に心地よい声。なつかしい弘人の声だ。

それから美咲は、横になったままミネラルウォーターを飲む弘人を見てめずらしく行儀《ぎょうぎ》が悪いと思う。

（めずらしく……？）

その不思議な感覚によって、美咲は気づかされた。

自分になにが起こっているのか。

いま自分からあふれ、彼の頬を濡らしているものがなんであるのか――。

美咲はかすれた声で告げた。

「記憶が戻ってる。……あたし、ヒロのこと、思い出したわ」

「思い出した？」

弘人が軽く目を見開く。

美咲は、自分からあふれるものをしかと感じながら頷いた。さっき見ていた夢は、自分と弘人の過去の記憶だ。出会って間もないころの、御魂祭《みたまさい》ではぐれたときの記憶なのだ。

弘人は飲み干《ほ》して空《から》になったペットボトルを盆に戻してから言った。

「佳鷹が、記憶はおまえの中にあるのだと言っていた。凍らせ屋とは、記憶をその人の中で凍らせているだけなのだと。あれは、ほんとうだったってことか……？」

「そういえば……」

佳鷹はそれらしいことを言っていた。自分もぼんやりとおぼえている。

「椿が記憶を泪壺《なみだつぼ》に入れたというのは嘘《うそ》だったのね。はじめから、あたしの中にあった。ずっと騙《だま》されていたんだわ」

冷たい涙が、繰り返しゆっくりと美咲の頬を伝う。この涙は、きっと記憶が戻ってくる証《あかし》だ。頭の中で凍らされた記憶は溶けて、こうして涙に変わって流れ落ちることでよみがえるのだ。

美咲は、弘人と出会ってからの出来事を順番に思い浮かべてみた。

ある日突然、店に彼がやって来て、一緒に妖怪がらみの事件を片づけることになって——けれど、そんなふうに思い出をたどる必要はなかった。だって、こんなにも素直に愛《いと》しいと思えるのだ。目の前にいる男のことが。それがなによりの証拠だ。

「信じられないな。とつぜん思い出したと言われても実感がまるでない……」

弘人はそう言って、しばらくのあいだ、ただ呆然《ぼうぜん》と美咲を見つめ返していた。

「ごめんね、ヒロ」

美咲は、ずっと弘人を苦しめていたような気がしてあやまった。もし自分が弘人に忘れられ、刃《やいば》をむけられたりしたらものすごくつらい。

すると、弘人はにわかに表情を曇《くも》らせた。

「ちがう。おまえはなにも悪くない。あやまらなければならないのは、おれのほうだ。無理やり花を吞《の》まされて苦しかっただろう。乱暴に押さえつけたし、御封《ごふ》もつかった。それに——……」

弘人はそこで言葉をつまらせた。すこし眉《まゆ》をよせ、美咲から目をそむける。

なにを言うつもりだったのか想像がついた。意識を手放す前に、鵺《ぬえ》に喰《く》われようとしている自分のまぼろしを見た。

投げだされた自分の体。血のように降った赤い花びら。それらを踏みにじる妖麗《ようれい》な神獣《しんじゅう》。けれど不幸ではなかった。そういう目にあう自分を恍惚《こうこつ》として眺めていた。あんなにも美しい妖怪に喰われて死ぬのならあたしの体は幸せだ。薄れゆく意識の中で、求められる歓《よろこ》びに酔いしれながら自分は彼を赦《ゆる》したのだ。

「おれは、傷つけることになってもいいからおまえがほしかった。記憶なんてなくても、おまえを、どうしても取り戻したかったんだ。だれにも渡したくなかった」

そう言って弘人は、深い悔恨《かいこん》の滲《にじ》んだ顔をして目を伏せる。

美咲は、その表情を見て胸が痛んだ。

たぶん、忘れてしまったことで、弘人をたくさん苦しめた。自分が、彼の中に眠る古い傷を疼《うず》かせた。絶望の中に、ひとりおきざりにされる苦悩。それはかつて、白菊《しらぎく》が彼に遺《のこ》していったものだ。まるで裏切りのように……。だからあんなにも荒《すさ》んだ目をして、心を投げ出していたのだ。

たとえ〈惑イ草〉の中和の目的などなくとも、弘人は遅かれ早かれ、あんなふうに乱暴に自分を追いつめて責めたのかもしれない。愛しているからこそ――。

「ありがとう。あたしは、傷ついてなんかいないわ。ヒロのこと、たくさん知ることができてよかったって思ってる」

美咲は弘人によりそって、心のとても深いところに沈んでいた本音をつむいだ。

「まわりから、何度か聞かされていたの。ヒロにも、残酷で獰猛《どうもう》な部分があるんだって。だからそれを知ったとき、自分がどうなるのかずっと不安だった。でも、そういう部分に触れても変わらなかった。ほんとうになにも変わっていないの」

あたしは、いまでもヒロのことが好き。

弘人の胸に頰をうずめたまま、ひっそりと告げる。どんなふうにされても、きっと好きだという気持ちは潰《つい》えないのだ。それくらい本気だった。そのことを、たったいま思い出した。

「だから、助けてくれて、ありがとう……」

もう一度、静かに繰り返す。

もし〈惑イ草〉に侵《おか》されたままだったら、いまごろどうなっていたか。賭場でひとり、傷つけてしまった。佳鷹はこの先も自分を利用するつもりだった。彼の手先になって悪に手を染め、たくさんの命を奪うことになっただろう。考えるだけで恐ろしい。

目を閉じると、弘人の鼓動《こどう》が聞こえた。こうしてぬくもりを感じながら心の音を聞くのも、知っている感覚だった。いつも、自分を助けてくれたのはこの人だ。あんなことになる前に、思い出してあげられたらよかった。

「ヒロ……？」

弘人が黙っているので、美咲は首をもたげて彼をのぞき込む。

弘人は雪見障子のむこうの雪景色を見ていた。美しい翡翠色《ひすいいろ》の瞳《ひとみ》に、白い庭の影がうつる。

「ヒロ、なにか言って」

美咲は、黙ったままでいる弘人に、急に不安をおぼえた。

「なにかってなにを……。なにも出てこないんだ。どうしてだろうな」

弘人は外を眺めたまま、自問するようにつぶやく。

もう伝えつくしたというのだろうか。良いことも、悪いこともぜんぶ――。

美咲は弘人の布団にうつり、ぴったりと身をよせて彼の手を握りしめた。そうして心がかよいあっているのだということをたしかめたかった。

弘人ははじめ身じろぎひとつしなかったが、ぬくもりがじっとこっちに伝わってくるころになると、手をのばして美咲の髪に触れてきた。

「こんな弱ってるときに誘われてもな」

さっきよりずっと明るい声で軽口をたたきながら、慈《いつく》しむように髪をなでる。

見ると、弘人の面《おもて》からは迷いのようなものが失せて眼差《まなざ》しがやわらいでいた。安堵《あんど》をたたえた、素《す》のままの無防備な表情だ。そういう彼を、美咲はひさしぶりに見た気がした。

「べつに誘っているんじゃないわ」

美咲が口をとがらすと、弘人は笑みをこぼした。それから彼の腕が美咲の背にまわり、布団の中で優しく抱きしめられる。

外気はきんと冷えているのに、美咲の体は幸福な熱をおびて温かくなった。

（ごめんなさい……）

美咲は破魔の力で与えてしまった弘人の腕の傷に、ただ、はやく癒《い》えることだけを祈ってそっと掌《てのひら》を這《は》わせた。

「おれのこと思い出したって、たしかめてもいいか？」

耳元で囁《ささや》かれて、美咲は静かに頷いた。

やがてどちらともなく求め、ふたりの唇がかさなりあう。

胸に満ちているのはおだやかな歓《よろこ》びで、自分がこの男のことを心から愛しているのだとわかった。いまふたりのあいだにあるのは、互いの熱とそれを味わう甘い感情だけだ。

なつかしいようなぬくもりに包まれながら、美咲の中にあたらしい記憶がしめやかに刻み込まれてゆく。

雪見障子のむこうでは、塵《ちり》のように細かな粉雪がゆるやかに降りはじめていた。

2

「妖狐《ようこ》の娘は見つかったか？」

椿《つばき》は、遠野《とおの》一帯を見渡せる丘陵《きゅうりょう》の頂《いただき》にある天地紅組《てんちべにぐみ》の根城——そこは文字通りの城だった——の天守閣《てんしゅかく》から雪化粧された郷《さと》を見おろしながら、階下からやってきた佳鷹《よしたか》に問う。

「まだだ」

佳鷹は手下をさがらせてから、椿のとなりにならんでそう告げた。

城は氷雪《ひょうせつ》でできていた。屋根瓦《やねがわら》も城壁も床板もすべて氷を削《けず》ったもので、表面にはうっすらと霜《しも》や雪がかすんでいる。

「面倒なことになったものじゃな、佳鷹。勝手なマネをしくさって」

椿は腕組みして遠野の雪景色を見おろしたまま、苛立《いらだ》ちを隠せぬようすで言葉を継ぐ。

「あの鵺《ぬえ》の行方《ゆくえ》も、ようとして知れん。賭場《とば》での騒動は日常茶飯事《さはんじ》だからだれも取り沙汰《ざた》にはしないだろうが、もし鵺のほうに息があれば、いままでどおりにはいかなくなる」

椿は佳鷹の横顔を見据《みす》えて続ける。

「筋目をとおして生きてもらわねばならん。覚悟はできているな？」

おなじように雪景色を見ていた佳鷹が、椿の言わんとすることを理解して、ひたと彼女と目をあわす。

「ああ。これ以上、姐《ねえ》さんに迷惑をかけるつもりはない。密売のほうはちゃんとおれだけで片がつくようにしてあるから安心してくれ」

そう言ったきり、佳鷹は口を閉ざす。自分が組から切り捨てられようとしていることを、とっくに悟っている目だった。

どんな悪事をはたらこうが、真っ向から罪状が突きつけられたのならおとなしく受けとめて贖《あがな》う。それが先代の死から学んだ教訓だ。へたに抵抗すれば、無駄な血が流れることになる。組員たちもそれを心得て、悪あがきはしないようにしつけられている。

「正直なところ、ぬしを失うのは惜しい。遠野にやつらがあらわれた時点で手を引くべきだったのじゃ、佳鷹」

椿はそう言ってひそかに歯嚙《はが》みする。

本店の子息の婿《むこ》入り話を聞きつけた佳鷹が、嫁となる女の記憶を凍らせてくれと頭をさげてきたのはひと月ほど前のことだ。

子息の婿入り先の酉《とり》ノ分店《ぶんてん》といえば、先代を殺した憎き妖狐の仕切っていた店舗《てんぽ》である。すでに報復は手下どもの手によって果たされているから跡取り娘にたいした恨《うら》みはないが、彼らには『高天原《たかまがはら》』の件でも痛手を負わされたから、すこし懲《こ》らしめてやろうというほんの出来心で依頼に応じた。

佳鷹の目的が、惚《ほ》れた女を死なせた本店の子息への腹いせであることはわかっていた。

佳鷹はたおやかな外見に反して中味は豪胆《ごうたん》で、長く自分のもとにつかえて信頼できる舎弟《しゃてい》のひとりだったが、巳《み》ノ区界《くかい》の女、千雪《ちゆき》が死んでから、どこか偏執的《へんしつてき》なものの見方をするようになった。千雪は仕事の片腕でもある女だったから、失くした痛みはことのほか大きかったのかもしれない。

過去の記憶ひとつなくなるくらい、自分ならどうということはない。足跡など消されても、自分の足が無事であるならばそれでよい。だから、よもや凍らせ屋の存在をつきとめて、美咲らがこの地までやってくるとは思っていなかった。

「本店の鴉があそこまで娘にこだわるとはな」

　こっちはいらぬ波風を立てられたくないから、この地から去るよう警告を与えたつもりだったのだが、佳鷹がさらに野心を燃やし、ひそかに美咲に手を出していたせいで、ますます厄介《やっかい》なことになってしまった。

「おれは後悔はしていないよ、姐さん。美咲は期待通りのタマだった。〈惑《まど》イ草《ぐさ》〉によって秘された力を引き出された彼女には、おれですらそそられるような特殊な力がみなぎっていた。彼女が生きているとしたら、この先も、この組に利用できる」

　佳鷹は彼方にけぶる町並みに目をやりながら冷静に返す。

「まだあきらめておらんのか？」

　椿は佳鷹に軽い失望をおぼえる。こんな手下ではなかった。もっと優れた判断力の持ち主だった。だからこそ目をかけていたのに。

「もしやあの娘が気に入ったのか？　おなじ妖狐というだけで、千雪とは似ても似つかん娘ではないか」

　すれっからしで、危険を好んで生きていた刹那《せつな》主義の千雪とはむしろ対極にいる女だ。

「千雪の代わりなどどこにもいない。美咲はただの、復讐《ふくしゅう》の道具だ」

　佳鷹は千雪以外の女を愛する気はないのだという本気の目をして、口の端《は》をつりあげる。

　千雪への執着《しゅうちゃく》の深さに、椿は閉口《へいこう》した。たとえこの先、ほかのだれかに惹《ひ》かれるようなことがあっても、佳鷹自身がそれを認めないのかもしれない。生きていれば薬ほしさにかならずまたおれのもとへ来る」

佳鷹は、いまの美咲なら本店の子息を打ち負かすことができると主張する。

「紅花《べにばな》で中和されてしまったとしたらどうじゃ？」

椿は鼻白んで返す。すると佳鷹はすぐに答える。

「中和は美咲の底力をしのぐ者でないと呑《の》ませることは叶《かな》わない。そんな薬師《くすし》はそういないだろう。色ぼけしている本店の鵺にも不可能だ。彼女の息の根をとめることにもなりかねないんだからな」

たしかに最終的には妖力《ようりき》のせめぎあいになって、自分が喰《く》うか、相手に喰われるかしか道がなくなる。どちらも無事に乗り切るという展開はありえないように思える。

「だが相手は雷神の恩頼をあずかっている本店の鵺じゃ。いくら惚れ込んでいようが、殺意を抱いて本気で喰らいにかかれば、いかに天狐《てんこ》の血をもつ娘でも歯が立たん。喰われてしまったらそこで終わりじゃ」

恨む相手が悪すぎるのだ。美咲を引きずり込むとき、なぜ佳鷹はそのことに気づけなかったのだろう。

「ぬしはしくじった。もしものときは組のために潔《いさぎよ》くお縄になれ、佳鷹」

椿は佳鷹から視線をはずして静かに命じた。

復讐心はこの世界で生きるには必要なものだが、組織の一員であることを忘れて暴走すれば犠牲や弊害《へいがい》を生む。末端の連中ならともかく、幹部の者がそれにとらわれて身勝手にふるまうようではいけない。もはや佳鷹にかけてやれる情けはない。

しかし佳鷹は、椿の言葉を無表情のまま受け流すと、

「おれはもう一度、美咲を探しに出る」

それだけ言い残して踵《きびす》を返す。

気味が悪いほどに沈着《ちんちゃく》な態度だった。

「せめてそれ以上の悪事をはたらくな、佳鷹」

去ってゆく背中に告げるものの、返事はない。

椿はため息をひとつ吐いて鉛色《なまりいろ》の空をあおいだ。

いつのまにか、粉雪がちらつきはじめていた。

3

あれから、ずいぶん降ったらしかった。

歩くたびに、さく、と雪下駄《ゆきげた》が新雪《しんせつ》の中に埋《うず》もれる。振り返ると、はかったわけでもないの

に、等間隔《とうかんかく》の足跡が判を押したように続いている。

空を見あげれば、寒々しい雪雲が西にむかってゆっくりと流れている。

美咲《みさき》は白い息を吐き出して、あっという間にかじかんでしまった手を温めた。

薬種問屋の座敷でふたたび目覚めたとき、弘人《ひろと》と繋《つな》いで眠ったはずの手はほどけかけて、じっとりと汗ばんでいた。半身を起こし、体がずいぶん回復していることを知った。

弘人は目を覚まさなかった。そっと名を囁《ささや》いても、ぴくりとも反応しない。おそらく、体内に残った妖狐《ようこ》の破魔《はま》の力を駆逐《くちく》するために、とても深い眠りの中にいるのだ。自分がどれだけ彼を傷つけて消耗《しょうもう》させたのかがよくわかって、胸が痛んだ。

〈惑《まど》イ草《ぐさ》〉によって引き出された破魔の力は凄《すさ》まじいものだった。そんなものが自分の中に潜《ひそ》んでいることが恐ろしかったし、次に破魔の力をつかうときにもそれが顕《あらわ》れて、相手を殺《あや》めてしまうのではないかという不安もおぼえた。

部屋のすみにある小さな鏡台のところに、佳鷹《よしたか》が髪に挿《さ》した簪《かんざし》が手巾《しゅきん》をひいておいてあった。薬師《くすし》の女房がおいてくれたのだろう。簪の銀夜蝶《ぎんやちょう》は、にぶい光を放ってあいかわらず美しかった。美咲は寝間着から小袖《こそで》に着替えて、それを御封《ごふ》とともに袂《たもと》にしまった。

天地紅組《てんちべにぐみ》の根城に行ってみるつもりだった。

佳鷹がおとなしくつかまったとは思えない。あの少年を捕らえるのは、自分がすべきことのような気がした。亡くなった千雪《ちゆき》という妖狐のためにも、復讐《ふくしゅう》にとりつかれた彼の目は覚まさせてやらねばならない。

そんなふうに感じて、もう一度弘人のそばに耳をよせて彼の規則正しい寝息をたしかめてから、美咲はそっと宿を出てきたのだった。

風が吹いて、路上の細かな新雪を巻きあげる。

美咲は身を切るような冷たい風を受けながら、まず現在の状況を知るために子《ね》ノ分店《ぶんてん》へとむかった。


「ああ、あなた、正気に戻ったんだ。具合はどうなの」

レジにいた、麦蕎麦屋《むぎそばや》の亭主《ていしゅ》を紹介してくれた女店員の那智《なち》が、美咲の復帰に驚いたように眉《まゆ》をあげた。歯切れの良い喋《しゃべ》り方が、彼女のさっぱりした感じの性分《しょうぶん》をよくあらわしている。

「もう大丈夫です。ご迷惑をおかけしました」

美咲は頭をさげた。事情は、弘人から話を聞いた店主の口からいろいろと伝わっているようだった。

「若様のほうはどうなの？　かなり参っているようだったたって店長が」

「眠っています。もうすこし、回復に時間がかかるみたい」

美咲はややうつむきがちに言った。

「破魔の力を解くのは簡単じゃない。佳鷹の悪事を暴いてくれたのはありがたいけど、こうなる前に、わたしたちの力をもっと借りてくれてもよかったんだよ」

那智は美咲をねぎらいながらも、やや苦い顔を見せる。弘人になにかあった場合、首が飛ぶのはここの店主もおなじだ。

「すみません。店員の中に裏切り者がいるということで、そちらにはお話しすることができませんでした」

佳鷹であることはほぼ確定してはいたのだが。

「うん、まあ仕方ないね。佳鷹の悪行《あくぎょう》に気づかなかったわたしたちの責任でもある」

店員の裏切りにあったのだから、子ノ分店の店員一同もつらいだろう。これまで彼が、〈惑イ草〉の検挙に尽力《じんりょく》し、成果をあげていた存在だったから、なおさらに。

「佳鷹はどうなったんですか?」

美咲はたずねる。

「いま、店長と店員たちが手分けして探してるんだけど、行方《ゆくえ》がつかめないの。抜け道は御触《おふ》れを出してすべて閉鎖《へいさ》しているから、この遠野《とおの》周辺にいると思うんだけどね」

那智はむずかしい顔をして言う。

佳鷹が〈惑イ草〉の密売に手を染め、それを悪用したことはもはや隠しようのない事実だが、まだ罪を認める気はないようだ。

「天地紅組は、佳鷹は組とは無関係だと言うの。彼が密売をしているのだとしたら、それは天地紅組の名を騙《かた》って佳鷹が個人でやっていることだからって。いい迷惑だからさっさとひっ捕らえてほしいって主張してるんだ」

城をあらためてみたが、匿《かくま》っているようすもなかったのだという。

「椿は、きっと組のために佳鷹を切り捨てたんだわ。佳鷹は、たしかに自分は天地紅組の組員であるとはっきり言ったもの」

美咲は〈惑イ草〉に侵《おか》される前の会話を思い出しながら言う。

「ええ、そうだろうね。でも実際、天地紅組のほうはそれを認めないし、ほかに証拠がないから頭《かしら》の椿《つばき》までをお縄にすることはできないね」

むこうもそのへんのところは周到《しゅうとう》に手をうってあるのだろうと那智はくやしげに言う。

そこで美咲は、子ノ分店に伝えるべきことを思い出した。

「寅《とら》ノ区界《くかい》にある『美松屋《みまつや》』という小間物問屋《こまものどんや》を調べてみて。佳鷹が作っている簪の納品先なんだけど、彼はそこに運び屋をつかって〈惑イ草〉も一緒に運ばせていたんです」

那智はそれを聞いてはっと目を瞠《みは》った。

「じゃあ、彼の家で昏倒《こんとう》していた男がその運び屋なんだね。店長が若様からもそれらしい噂《うわさ》を聞いたらしいから、いま人をやって寅ノ区界の小間物屋をすべて洗い出しているところなんだけど」

弘人の情報では屋号《やごう》まではつかめなかったという。

「運び屋の男はまだ意識が戻らないんですか？」

「ええ、まだよ。彼も〈惑イ草〉にやられていて。……とにかくその『美松屋』とやらをあたってみよう」

そばにひかえていたべつの店員にその旨《むね》をつたえ、さっそく追跡調査の手配がなされる。

「おねがいします」

これで佳鷹が密売に手を染めていたことが証明される。もしかしたら椿がかかわっていたこともあきらかになるかもしれない。

それから美咲は、天地紅組の根城にむかうことにした。一度、椿と話がしたかった。ひとりで乗り込むのは心もとないと思っていたところへ、那智もいまから佳鷹を探しに出るというので、道案内もかねて一緒につきそってもらうことにした。

「那智さんの教えてくれた元組員の人、いまは漁師さんで如月水軍《きさらぎすいぐん》とか言ってた。なかなか感じのいい人だったわ」

道すがら、美咲はてきとうに麦蕎麦屋の亭主の話題をふってみた。どうでもよい話をすることで、父の仇《かたき》である椿と対峙《たいじ》することへの緊張を紛《まぎ》らわせたかった。

「如月水軍ね。海と金のことしか頭にないやくざな連中よ。せっかく陸《おか》で足洗ったのに、海でまた暴れてたら意味ないっての。ちびは元気だった？」

「ええ。彼に似て、明るい感じのかわいい子だった」

子供がいることを知っているのかと美咲はすこし驚く。

「そっか」

那智はさっぱりとしたほほえみを浮かべる。

どういう経緯《いきさつ》があってどのくらいのつきあいだったのか興味があったが、私的なことなので深く掘りさげて訊《き》くのもためらわれたために、その後、美咲は話題を変えた。


天地紅組の本拠地は、現し世《うつよ》でも城跡の残っている場所にあった。

現し世と隠り世《かくよ》は表裏《ひょうり》をなしており、神社仏閣《ぶつかく》、城などは、その昔妖怪たちが裏町側にも現し世のものを模して建てたために、おなじように存在していることが多いのだ。

そこにたどり着いたとき、美咲はあっと声をあげた。

雪景色の遠野盆地を見渡せる小高い丘陵《きゅうりょう》のてっぺんに、人目をひく建物がそびえていた。城だ。ただし木造ではなかった。瓦《かわら》や城壁がみな、雪をまとった氷でできているのだ。

「雪まつりの大雪像みたいだわ」

美咲は思わずつぶやいた。

「これが天地紅組の権力の象徴なんだよ」

那智が言う。

丘を登って真下から見あげると、見る者までをも凍らせるような、いっそうの迫力が加わった。銀世界に生きる雪妖《ゆきよう》の根城にはふさわしい、美しく幽玄《ゆうげん》な建物である。

大気は冷たい。氷の城のそばにいるから、いっそう冷え込む感じがする。

美咲は羽織の前をかきあわせながら、那智とふたりで慎重《しんちょう》な足どりで城門へとむかった。

門をくぐると、大戸の左右で見張りをしていたふたりの雪男《ゆきおとこ》が、氷槍《ひょうそう》を交差させてゆく手を阻《はば》んだ。

「酉《とり》ノ分店の娘が組頭《くみがしら》に会いたがっていると伝えて」

美咲は毅然《きぜん》と言った。

舎弟《しゃてい》は目配せしあうと、中にひかえていた伝令にそれを伝えるよう命じた。

ほどなくして、椿に美咲の意思を伝えた伝令が戻ってきた。

「上に来いと言っている」

雪男に言われ、美咲は那智と目配せしあってから、城の中へと足を踏み入れた。

城内はそれほど寒さを感じなかった。かまくらの中が意外と暖かいのとおなじで、冷えた風が吹きつけることもないし、清涼な空気で満たされていて思いのほか心地がいい。

手下の案内で、ふたりは滑りやすい足元に気をつけて三階までゆっくりと階《きざはし》をのぼった。

天井《てんじょう》、柱、いたるところに霜《しも》がおりて白くけむっていた。壁面もふくめて全体的に青みがかって見える。壁龕《へきがん》には山茶花《さざんか》が飾られており、これも霜を帯びて氷花《ひょうか》になっていた。花弁がもとの色を淡く残しているので、ほんのり桃色に見える。

椿のいる部屋も、やはり氷結《ひょうけつ》の間《ま》だった。

床板から壁面、衝立《ついたて》などにもびっしりと霜がおりている。

椿は、中央にしつらえてある浜床《はまゆか》の上に腰をおろし、脇息《きょうそく》に肘《ひじ》をあずけたくつろいだ姿で自分たちをまちかまえていた。

（この女《ひと》が……）

椿は灰色の瞳《ひとみ》に白金の髪の雪女《ゆきおんな》で、極道《ごくどう》らしく鋭い雰囲気《ふんいき》をもっていた。すらりとした体に、雪華紋様《せっかもんよう》の織り込まれた白い水干《すいかん》をまとっている。口紅《くちべに》とおなじ濃い紫色《むらさきいろ》をした括袴《くくりばかま》との調和が美しい。

「ひさしぶりじゃな、橘屋《たちばなや》」

椿は美咲にむかって言った。凜《りん》と整った顔に似つかわしい低く通りのよい声だった。冷ややかな無表情だが、真っ向から恨《うら》みをぶつけてくるという気配はない。

「あなた、たしかにあのときの……」

美咲は、椿の右頬《みぎほお》にある傷やその冷涼《れいりょう》な眼差《まなざ》しに見覚えがあると思った。記憶を失くした夜に自分の部屋にいたのはまぎれもなくこの女だった。

彼女の背後には、雪輪《ゆきわ》に剣花菱《けんはなびし》の紋様が掲《かか》げてある。これが天地紅組の代紋《だいもん》だろう。

天地紅組は雪妖を中心に三〇人ほどの舎弟で構成されているが、その舎弟がさらに何十人もの構成員を抱《かか》えているのだから組員の総数はかなりのものだ。現在、子ノ区界の店や旅籠《はたご》の六割は天地紅組の息がかかっているといわれている。

その頂点に立つのがこの雪女——椿だ。

両側に立ってひかえている舎弟は、見るからに屈強《くっきょう》そうな毛深い雪男たちだった。

「行方知れずになっていたから佳鷹が心配していたぞ。あの鵺《ぬえ》に喰《く》われてしまったのではないかと——」

椿は言った。佳鷹とのあいだに起きた悶着《もんちゃく》は知っているらしい。〈惑イ草〉に侵《おか》されたはずの美咲の表情がはっきりしているのを見て、もはや正気に戻っていることを知る。

美咲は正面から椿をじっと見つめた。

父がこの女の父親を殺した。そしてまた、父もこの女の手の者によって殺された。自分たちは仇《かたき》の子同士だ。こうして本人を前にするとなんともいえない複雑な感慨《かんがい》が胸に満ちる。恨むこともできないし、かといって、手を組もうという気にもまったくならない。

「記憶も戻ったの。あなたたち、嘘《うそ》を言っていたのね。記憶は取り出されたのではなく、あたしの中にあった。ただ凍っていただけだった」

美咲は父たちの過去にはあえて触れず、記憶に関する件のみについてを責めた。この嘘のせいで、こっちはずいぶん踊らされた。

すると椿は、ふっと頬をゆがめた。

「泪壺《なみだつぼ》の中で凍っていたのはただの水じゃ。商売の為《ため》に、ああして目に見える状態をでっちあげている。かたちのないものを信じられない輩《やから》が存外多いのでな。……涙が出ただろう。なにか強烈な記憶をなぞったな？」

「強烈な記憶？」

美咲は眉《まゆ》をひそめ、小首をかしげる。

「そうじゃ。命にかかわるような印象の強い出来事がふたたび起きれば、凍らせた記憶が溶けて元に戻ることがまれにある」

命にかかわる強烈な記憶――ふと思い浮かんだのは、以前、弘人が寄生妖怪を口うつしで引き受けて助けてくれたときのことだ。

あれは忘れようにも忘れられない強烈な思い出で、〈惑イ草〉を中和するためにむりやり口づけられたときの感覚と似ている。どちらも息苦しいだけのおぼろげなものだが、ひょっとするとそれがきっかけになったのかもしれない。

椿はゆっくりと浜床をおりて、美咲たちから一間《いっけん》ほどの距離をあけて立ちどまり、鷹揚《おうよう》に口を開いた。

「先代を殺したぬしの父、今野隆史《こんのたかし》への復讐《ふくしゅう》はすでにわが組の手の者によって果たされている。ゆえにその娘であるぬしまでを恨む気はない。だが凍らせ屋の仕事は、目をかけていた元舎弟のひとりが頭をさげてきたからほんの出来心でやったことなのじゃ。許せ」

美咲は意表をつかれた。椿が、父たちのことをもはや他人事《ひとごと》のように淡々と語り、こんなふうに自分の非も認めて素直に謝罪してくるとは思っていなかった。

組を守るためなのだろうか。縄張り争いの修羅場《しゅらば》を踏んでいる彼女には、いつまでも過去の因縁《いんねん》にこだわっている暇《ひま》などはないのかもしれない。

「元舎弟ということは、あなたは佳鷹を切り捨てたのね。密売の罪を彼に負わせるために」

美咲は慎重《しんちょう》に言った。

「罪を負わせるもなにも、天地紅組は、わっちの代になって数年後に〈惑イ草〉からは手をひいた。いまはまっとうな金貸し屋でしかない。いまある密売網《みつばいもう》は、佳鷹が天地紅組の名を騙《かた》り、そのへんのごろつきを抱き込んで個人で勝手に展開していたものじゃ。これは寅《とら》ノ区界《くかい》の『美松屋』を調べあげればあきらかになる」

椿は堂々とした表情で、あくまで密売にはからんでいないことを主張する。元組員の男が言っていたことと一致《いっち》してはいるが。

(『美松屋』も椿を召し捕《めと》るための証拠にはならないんだわ……)

美咲はあきらめたように那智と目をあわせた。那智の言うとおり、事件になったらいつでも切り捨てられるよう常に根回しされているということなのだろう。

那智は会話に口をはさむことなく、じっと美咲のうしろに控《ひか》えている。

「本店の鵜はどうなった?」

椿は問う。

「眠っているわ。あたしのせいで傷を負ったから……」

美咲は言いながら、またちくりと胸が痛むのを感じた。

「ほう。ということはまだ生きているのか。無駄に強い男じゃ」

かすかに畏怖《いふ》をにじませて椿は嗤《わら》う。

「佳鷹は、ぜんぶ『高天原《たかまがはら》』を壊したヒロのことを憎んでしたことだって言っていたわ」

どこかうしろめたいものをおぼえながら美咲が告げると、椿はかぶりを振った。

「千雪《ちゆき》が死んだのは本店の鵺のせいではない。逃げ遅れた千雪自身が悪いのじゃ。佳鷹はそれを鵺に殺《や》られたのだと思い込んで怨念《おんねん》に変えてしまいよった。千雪はさばさばしたやつで、復讐なんぞを望むような女でもないのにな」

椿はかすかに憂《うれ》いをおびた顔で佳鷹を否定する。決してこうなることを望んでいる顔ではなかった。かわいがっていた部下を失ってつらいのは、この女もおなじなのかもしれない。

「佳鷹はどこなの？」

あらためて美咲は問う。

「わっちにもわからん。賭場《とば》でぬしらに逃げられてから一度はここへ来たが、またぬしを探すと言って出たきり戻っていない」

「つかまる気はないということかしら」

まだ自分をあきらめていない彼に、美咲は空恐ろしいものを感じた。

「騒ぎを起こした責任を取って潔《いさぎよ》く腹をくくるよう命じたのだがな」

椿は腕組みしたまま、野放しにしたことを悔《く》やむように言う。

手下に行方を探らせて四時間になるという。

子ノ分店の店主たちが弘人から知らせを受けて捜索《そうさく》をはじめたのは、美咲が薬種問屋《やくしゅどんや》で意識を失ったすこしあとのことだというから、かれこれ七時間近くも行方をくらましていることになる。

美咲はいったん根城を出ることにした。椿がここに佳鷹をかくまっている気配はたしかにない。彼は、もはや完全に天地紅組からは切り捨てられているのだ。

「行きましょう」

美咲はそばでひかえていた那智をうながした。

佳鷹を見つけ出して捕らえねばならない。街道や抜け道となる店の戸はすべて封鎖《ふうさ》されているのだから、かならず遠野のどこかに潜んでいるはずだ。

ところが美咲が那智をともなって城を出たところに、その佳鷹が、ふらりとあらわれた。

4

「やっぱりここに来ていたのか、美咲《みさき》」

佳鷹《よしたか》は浅葱色《あさぎいろ》の水干《すいかん》姿で、〈惑《まど》イ草《ぐさ》〉に酔ったような気だるそうな面持《おもも》ちで城門をくぐってやってきた。

「佳鷹……どこにいたの！」

樹氷《じゆひよう》にかこまれた城の庭で対峙《たいじ》するかたちになって、美咲は目を見開く。

「ずっと城のそばにいたよ。きみはきっとここに来るだろうと踏んでいたからな」

「佳鷹の兄貴だ、捕らえろ！」

出入り口の大戸の両側で見張りをしていたふたりの手下が佳鷹の姿に気づいて、声をあげながら駆けよってきた。彼らの反応から、天地紅組《てんちべにぐみ》も彼の行方《ゆくえ》を追っていたのだとわかった。

「佳鷹、あんた、なにしてんだよ。店長を裏切って！」

那智《なち》が怒りをあらわにして佳鷹につっかかる。これまで一緒に仕事をしてきた相手なのだから胸中は複雑なのにちがいない。

「いつまでも気づかない無能な店長が悪い」

佳鷹は涼しい顔で返す。

「なんだって？　……もうどこにも逃げられないよ。おとなしくお縄になりな！」

那智が怒気をはらんだ声で命じる。それから佳鷹を捕らえるため、口元に手を添えて、彼にむかって強く息を吹きかけた。

ひゅうと氷雪《ひょうせつ》のまじった風が生じて佳鷹にまとわりつくが、彼はそれを自《みずか》らの妖気できれいに一蹴《いっしゅう》する。

那智の攻撃をかわした佳鷹に、今度は天地紅組の手下ふたりが組みつこうと襲いかかるが、彼らも氷の礫《つぶて》をはらんだ強い力で一気に撥《は》ねのけられてしまう。

美咲は五枚ほどの御封《ごふ》を飛ばした。

「む」

妖力《ようりき》を奪われて、佳鷹の手元が一瞬動きを封じ込められる。しかしそこを狙《ねら》った手下ふたりが、次の瞬間には佳鷹が妖気で繰り出した八寸ほどの氷の刃《やいば》によって、同時に脇腹《わきばら》を串刺《くしざ》しにされた。

美咲は目を瞠《みは》った。

（力もあるし、身のこなしもはやい……！）

美咲の御封はちりぢりになり、手下は刃先の沈められた腹部を押さえて呻《うめ》き声をあげる。

儚《はかな》げで優美な風姿《ふうし》だから、腕力はないのだと思い込んであなどっていたが、そうでもなかった。あるいは、〈惑イ草〉で妖力を増幅させているのかもしれない。

美咲がふたたび倍の御封を放った。

佳鷹の右手の氷刃《ひょうじん》がかろうじてそれらを打ち払う。

多少の打撃を受けて彼が怯《ひる》んでいるところに、すかさず那智が佳鷹とおなじような氷刃を繰り出して斬《き》り込む。

が、左手にあった佳鷹の氷刃がそれを薙《な》ぎ払って、切っ先を那智の右腿《みぎもも》にざくりとうずめた。

美咲は息を呑《の》んだ。

佳鷹は左手での攻撃も寸分のくるいなく命中させてしまう。両刀《りょうとう》づかいなのか。

那智が激痛に呻き、足の力を失って地面に崩れた。

「那智さん！」

美咲は叫びながら、那智にかけよった。

「おまえ、容赦《ようしゃ》ないな、佳鷹……」

那智は脚部《きゃくぶ》を押さえ、痛みに耐えながら佳鷹を睨《にら》みつける。元同僚《どうりょう》相手に、まったく血も涙もない男だ。那智の臙脂色《えんじいろ》の袴《はかま》には、みるみる紫色《むらさきいろ》の血の染みがひろがってゆく。

「なにこれ……」

美咲は目を瞠った。妖気をともなった攻撃なので、那智の負った傷口からまわりがしだいに氷結しはじめているのだ。

すでに倒された手下たちの身にも、おなじ現象が起きている。雪妖《ゆきよう》同士でも、こんなふうに冷気に侵《おか》されてしまうものなのか。

「ちくしょう」

那智は身動きできなくなって顔をしかめる。

「次はきみの番だ、美咲」

背後にせまった佳鷹の手が、美咲の襟首《えりくび》をぐっとつかんだ。

美咲ははっと息を呑んだ。とっさに身をよじってその手を振り払ったが、あえなく右の手首をつかまれた。さらに金縛《かなしば》りの法で身動きを封じられる。

と、そのとき。

「やめんか、佳鷹！」

椿の鋭い声が耳をうった。騒ぎを聞きつけて下におりてきたらしかった。

けれど佳鷹は、そっちを一瞥《いちべつ》するだけで聞く耳をもたなかった。

「あ……」

彼がつかんでいる美咲の手首にぴしりと冷気が走った。そこから肌の表面が凍りはじめる。

はじめて体感する雪妖独特の妖気に、美咲は戦慄《せんりつ》をおぼえた。薄い氷をともなって、針で刺すような鋭い痛みが肌をピシピシと這《は》いのぼってくる。

「死んでくれよ、美咲。やっぱり目には目を、だよな。若さんへの復讐《ふくしゅう》は、きみが死ねば完全に成《な》し遂《と》げられる。天狐《てんこ》の血脈《けつみゃく》はあきらめるから、きみは死ね」

佳鷹は凍《い》てつくような冷たい目をして美咲に命じる。

「やめなよ、佳鷹！」

那智が身動きのとれぬまま叫ぶ。

「佳鷹、手をはなせ。……この娘を殺しても刑期が伸びるだけじゃ」

そばまでやって来た椿が、実に冷静な口調で彼を咎《とが》める。

椿は美咲を助けようとはしない。かといって佳鷹に加勢するわけでもない。あくまで、彼のためだけに警告をあたえるのみだ。

「やらせてくれよ、姐《ねえ》さん。このままじゃ、腹の虫がおさまらない。こいつらが『高天原《たかまがはら》』の事件を起こさなければ、千雪《ちゆき》は死なずにすんだんだ」

彼女を亡くした悲しみは、憎しみへとかたちを変えてしまった。佳鷹の面《おもて》にいまあるのは、行き場を失った憎悪《ぞうお》だけだ。

「や……めて……」

美咲は両腕を襲うはげしい痛みに喘《あえ》いだ。両手を、氷水の中に長時間浸《ひた》しているような感覚だった。心臓がぎゅっと収縮し、血のめぐりがだんだんと滞《とどこお》って息苦しくなってくる。

（このままじゃ、凍《こご》え死んでしまう……）

美咲は感覚の鈍《にぶ》くなった手に力を込めて、破魔《はま》の爪《つめ》を顕現《けんげん》させた。

ふたりの妖気が激しく衝突して、触れあっている部分の空気がぶれた。

美咲の破魔の力はひとまず金縛りをはじいたが、つかまれた手を振り払おうにも、彼の執念《しゅうねん》じみた強い力がそれを許さない。

「佳鷹……、千雪さんのことは、あたしたちのせいなのかもしれない。謝ってすむことじゃないけれど……ごめんなさい。でもあなたは、もうこれ以上、罪をかさねないで……」

美咲は声をふりしぼって言った。椿も死んだ千雪も、きっとだれひとり、それを望んではいないと思うのだ。

けれど佳鷹は無言のまま、対抗して妖気を強めていく。

全身が軋《きし》むような痛みにおそわれた。

美咲は注ぎ込む妖力を全開にし、手首をつかんでいる佳鷹の手を思いきり振り切って、彼の胸元に爪を立てた。

弘人を傷つけた瞬間の記憶が脳裏にまたたいて一瞬ひるんだが、もはやためらっている暇《ひま》はなかった。

自分が生き延びたいと望む気持ちがあった。

それとおなじくらい、佳鷹の中にくすぶる憎悪を消し去ってやりたいという思いもあった。

そうでなければ、本来この力は顕《あらわ》れない。

美咲はいつもの感覚であることを確信し、破魔の爪を力いっぱい振りおろした。

『高天原』を瓦解《がかい》させたことに罪があるのだとしたら、復讐に憑《と》りつかれた彼を救うことです

こしは贖《あがな》えるような気がした。

黄金色《こがねいろ》の焔《ほむら》が迸《ほとばし》り、破魔の力が彼の体をじかにめぐって容赦のない打撃を与えた。

「佳鷹……」

那智が、彼の身を案じてなのか短く名を呼ぶ。

佳鷹が痛みと苦しみに呻く。

強力な妖気に、さしもの椿も眉根《まゆね》をよせる。

美咲の攻撃は佳鷹の妖力をたちどころに無効化させ、彼によって身にもたらされていた凍えが一気に引いた。

両手の自由を取り戻した美咲は、肩で息をしながら、弱った佳鷹に龍の髭《ひげ》を手際《てぎわ》よくまわして彼の自由を奪った。

端正な顔をしかめ、佳鷹はその場に崩れた。

組のために彼を見捨てた椿が、苦い顔のまま目を伏せた。


美咲はその後、天地紅組から借りた薬箱で那智や手下の手当てにあたった。

手配した朧車《おぼろぐるま》に佳鷹が押し込まれて根城を発《た》つ頃になると、遅れてやってきた子《ね》ノ分店《ぶんてん》の幾人かの店員たちが、椿をはじめ、ほかの舎弟たちに聞き込みをはじめた。

佳鷹のほうはこれから子ノ分店店主に頭をさげて、密売に関することを洗いざらい話したのちに高野山《こうやさん》へ入れられることになる。

雲間からわずかに光がさし込み、あたりはすこし明るくなっていた。大気は依然《いぜん》として冷たく冴《さ》えわたり、ゆるい風が美咲の頬《ほお》をなでている。

「ごくろうさん」

聞きなれた声がして、美咲は振り返った。いつのまにか小袖《こそで》に羽織姿の弘人《ひろと》がいた。

「ヒロ……。もう大丈夫なの？」

美咲は目を丸くして、薬箱を片づけてから、あわてて彼のもとに駆けよる。

「ああ。ぼちぼちな」

弘人はさっぱりとした顔でほほえんだ。目が覚めて子ノ分店に行ったら、美咲がここで佳鷹を捕らえたことを聞かされたのでやってきたのだという。体はずいぶん回復しているようだった。

「よかった……」

事件の片もついたところだし、美咲はようやく肩の力を抜いた。

「寅《とら》ノ区界《くかい》の『美松屋《みまつや》』から〈惑イ草〉の密売ルートがあきらかになりつつある。たしかに今回は天地紅組は噛《か》んでないらしい。佳鷹がひとりで企《くわだ》ててひろげた販売網《はんばいもう》だったみたいだな」

「そうなのね……」

椿の主張はこれで裏づけられたかたちだ。

美咲はこれまでの経緯《いきさつ》を弘人に話した。

「おれの婿入《むこい》り先の相手が、死んだあいつの女とおなじ妖狐《ようこ》だったというのが、よけいに恨みを煽《あお》ることになったんだろうな」

『高天原』で死んだ千雪という妖狐の存在を知って、弘人は佳鷹の怨《うら》みの原因がなんであったのかに納得がいったようだった。

すべてを話し終えるころ、煙管《きせる》をくわえた椿がふたりのもとにやってきた。

「命びろいしたな、組長さん」

弘人が椿にむかって言った。

「ぬしも手強《てごわ》いな。てっきりこの娘の力で始末されると思ったのに」

椿は煙管をふかしながら弘人に返す。

「嫁の乱心なら荒療治《あらりょうじ》でのりきった。おかげでこっちも理性を失いかけたが……」

弘人が言うと、椿は濃紫《こむらさき》の唇《くちびる》をふっとゆがめた。舎弟を召し捕られ、潔《いさぎよ》く負けを認めているふうに見えた。

美咲は、女を捨てるために自《みずか》らこしらえたという椿の頰《ほお》の傷を見つめた。

彼女には悲しみや憎しみといった感情が見られない。達観《たっかん》しているというのか。

たった十歳で縄張り争いの陣頭に立たされたのだから、美咲には知りえない苦労があったのにちがいない。思い切り泣いたり笑ったり、そういうことが許される世界ではなかったはずで、感情のままにふるまうという感覚は、組を守るうちにだんだんと麻痺《まひ》して失われていったのかもしれない。

「あ」

美咲はふと蝶《ちょう》が目にとまって声をあげた。

雲間からさし込んだ光が、襞《ひだ》のように氷結の城に降り注ぐその幽玄《ゆうげん》な空間に、ふわりと一頭の蝶が飛んできた。

「銀夜蝶《ぎんやちょう》か。……あそこから羽化してるみたいだ」

弘人が、樹氷《じゅひょう》のふもとの、雪から顔を出して咲いている白いの小花のほうを顎《あご》で示して言う。

花はどれも霜《しも》がおりて氷花《ひょうか》となっている。見ると、蝶はそれらの氷花を支えている茎《くき》のあたりから生まれているのだった。

ゆっくりと翅《はね》をもたげ、呼吸するかのように開閉させてから、一頭、また一頭と虚空《こくう》に舞いあがる。

「きれい……」

蝶が羽化して飛び立つ瞬間を見るのははじめてだ。とても稀有《けう》で神秘的な瞬間だった。

「めずらしいな。ふつう、夜中に羽化するもんだが」

椿は目をそばめ、静かにつぶやく。

そこで美咲は、ふと袂《たもと》にしまってあった物のことを思い出した。

「椿、これをあずかって」

美咲はそれを、椿にさし出した。佳鷹がつくった蝶の簪《かんざし》だった。

「佳鷹があたしに挿《さ》したの。この型のもので、はじめて思いどおりにできたものだって。千雪さんに渡すつもりだったのだと言ってた」

「そうか」

椿は煙管をくわえたまま、じっとそれを見ていた。佳鷹に思いをめぐらせているようだった。

「佳鷹が高野山から出てきて、いつかあたらしく想《おも》う人ができたら、その人に贈ってあげるよう伝えて」

美咲は一歩椿に歩みより、彼女に手渡した。

椿は白い指先で、受け取った簪の蝶の翅《はね》のところにそっと触れた。

「この蝶は、溶けんな」

ぽつりとこぼす。

「ええ」

美咲は頷《うなず》いて、虚空を見あげる。

銀夜蝶の数は増えるばかりだ。抑え込まれていたものがあふれ出すように、あちこちからわいてくる。翅をひらいて飛び立った蝶は、やがて群れとなって光さす明るみへと舞いあがってゆく。

氷の城が、まるで蝶のあやなす薄青の妖光で彩《いろど》られているかのように見える。

佳鷹がこの地に千雪を呼びよせて彼女に見せたのは、もしかしたらこの景色だったのかもしれない。

美咲は心の中で手をあわせ、千雪の死を悼《いた》んだ。

「帰ろう」

弘人がいつまでも蝶に見とれている美咲にそっと声をかけ、踵《きびす》を返す。

美咲は無言のまま頷いて、弘人のあとを追う。

きんと冷えた雪国の風が、ふたりのわきをゆるやかにすりぬけていった。

終章

「無事に記憶が戻ってよかったわ」

帰りの電車の中で、車窓に流れる景色を見ながら美咲《みさき》は言った。こっちの世界は隠《かく》り世《よ》の子《ね》ノ区界《くかい》とは季節ががらりと変わって、新緑の美しい初夏だ。

「〈惑《まど》イ草《ぐさ》〉の事件も片づいたし」

「ああ。椿《つばき》はクロだろうけどな」

「……ヒロも、やっぱりそう思うの？」

美咲はそろそろと弘人《ひろと》のほうをむく。

「密売網《みつばいもう》も派手にひろげると捕まるってことを父の事件から学んだから、ひと握りの組員にしかわからない方法でひそかに捌《さば》いてるんだろう。もっとふかく探ってゆけば、佳鷹《よしたか》のとはべつの密売ルートが見つかるはずだ」

弘人は淡々と言う。

「舎弟《しゃてい》がひとり高野山《こうやさん》行きになって、ひとまず片はついたかたちなのね？」

「ああ。むこうもそれを心得てる。だれかの罪をかぶっておつとめに行くってのは、極道《ごくどう》の世界じゃめずらしいことじゃないしな」

〈惑イ草〉の根絶なんてどのみち不可能なのだと弘人は言う。天地紅組《てんちべにぐみ》に限らず、手をつけている者はかならずまだどこかにいる。現《うつ》し世《よ》の麻薬犯罪とおなじで需要が尽きることはなく、永遠のいたちごっこなのだと。

「お父さんや、事件にかかわってたそのほかの妖怪たちの死は、橘屋《たちばなや》が事実究明を投げ出したから、いまだに真相は闇《やみ》の中なのよね」

実はそのことで、佳鷹ではないが本店に対して不信感をつのらせていた。殺生《せっしょう》の罪を赦《ゆる》してしまっているような気がして腹立たしくもある。

けれど、弘人は言った。

「それは、そうすることで天地紅組のさらなる報復を防いでいるんだよ。事件の詳細をあきらかにして実行犯を縛《しば》りあげたとする、そうするとまた彼らはその腹いせに刺客《しかく》を放ってくる。これの繰り返しで犠牲ばかりが雪だるま式に増える」

事件を隠蔽《いんぺい》することが天地紅組による報復の抑止力《よくしりょく》となることを、橘屋は計算しているのだ。

「必要があってそうしているってこと？」

「そうだ。兄さんが隠す必要があるから隠しているんだと言っていたが、たぶんそういうことなんだろうとおれは思う」

「そうなの……」

正しいことばかりで世が治まるわけではないのだ。それは、父が椿の父を殺《あや》めたことにも通じるような気がした。父がしたことは正義のための制裁で、おそらく罪にはならないが、その手でひとつの命を奪ってしまったのに変わりはない。

こういう事実に、自分なりにうまく折りあいをつけていくことも、今後の課題のひとつなのかもしれないと美咲は感じた。

「傷はまだ痛む?」

美咲は弘人の右腕が気にかかって問う。

「ああ、大丈夫だよ。でも、お上《かみ》に結婚の報告に行くのはもう少しあとにしよう」

「え?」

「兄さんに、ふたりで正式に挨拶《あいさつ》に来るよう言われているんだ。でも、いまの自分ではそんな気にはなれない」

「どうして?」

そういえば、まだお上に挨拶にも行っていないと思いながら美咲は訊《き》き返す。

「おれが薬種問屋《やくしゅどんや》でおまえにしたことを思うと耐えられない。あれは記憶を失くしたおまえが自分になびかないからって自棄《やけ》を起こしたようなものなんだ。そういう邪《よこしま》な気持ちがあったからこそ、破魔《はま》の力も強く効いたんだよ。おれが女だったら、こんな男は願いさげだ。いまのままじゃ、おまえを幸せにする資格はない。……だからしばらく、反省しながら心と体を鍛《きた》えなおすよ」

弘人はまじめな面持《おもも》ちで言った。

「ヒロは悪くないわ。あたしを助けてくれたんじゃないの」

美咲は戸惑いをおぼえた。弘人がそんなふうに感じているなどとは思わなかった。あれは自分が〈惑イ草〉に侵《おか》されたせいで引き起こされたやむをえない事態だ。それを救ってくれた弘人に咎《とが》などない。

「助けたが、それだけじゃなかった。……『高天原《たかまがはら》』の事件にしても、おれが雷神の制御《せいぎょ》が可能だったらあの遊郭《ゆうかく》自体は壊さずにすんだんだ。そうしたら、今回の事件も起きていない」

千雪《ちゆき》の死も、彼なりに重く受けとめているようだった。

「ヒロ……」

この人は、自分が許せないのだろう。

相手の妖気にあてられ、理性を欠いて感情に流されてしまったその弱さが。

たとえ相手がどんな存在であろうとも。

そういう厳しい人なのだ。

弘人は、神妙に黙り込む美咲を見て明るい声で言った。

「大丈夫だ。鍛錬《たんれん》がすんだら、毎晩おまえのとなりで寝てやるから。すこしだけ、我慢してまってくれ」

言われたことの意味を理解した美咲は、

「べ、べつにあたしはひとりで眠れるからいいのよ。こっちはそんなの全然まってないから。いきなりヘンなこと言わないでよ」

顔が熱くなるのを感じてあたふたと言いつのる。

「でもヒロは、旅籠《はたご》でもよそよそしかったわよね。出会ってすぐのころみたいに、あたりさわりのない態度でなにを考えているのかさっぱりわからなかった」

美咲は宿での弘人を思い出して言った。

「おまえのほうがよそよそしいから、こっちは嫌われているのかと思って距離をおいたんだ。飲みすぎるとうっかり手を出して困らせるだろうから酒も飲めないし。なにかとつらかったな」

弘人は本音を言って、軽く息をつく。

この人はほんとうに、ずっと自分のことを第一に考えていてくれたのだ。それがわかって、美咲はほっこりとした気持ちになった。

「ヒロを知らないあたしってどんなだったの?」

いまとなっては、その記憶喪失《そうしつ》中の感覚がよく思い出せない。

「可愛《かわい》さあまって憎さ百倍」

弘人は車窓の彼方《かなた》に視線を投げたきり、真顔のまま即答する。

「え……」

思わぬぞんざいな科白《せりふ》に、ひやりと冷たいものが美咲の胸にひろがる。

「——でも好きだったよ」

弘人は黙り込んでしまった美咲と目をあわせると、その反応を計算していたかのように言って笑う。彼がときおり見せる、包み込むような優しい表情だ。

「おまえはおれなんか頭の中にいなくても、ちゃんとまじめで一生懸命《けんめい》だったし、こっちに甘えてくれないおまえも新鮮でよかったといまなら思える。薬に侵されているときなんて、ぞっとするほどきれいだったしな」

「そうなの？　嫌いになったんじゃないなら、よかった……」

ぞっとするほどのきれいさがどういうものなのか想像がつかぬまま、それでも褒《ほ》めてもらえたことはうれしくて、美咲はほんのりと色づいた頬《ほお》をほっとゆるめた。

するとその顔を見つめていた弘人が、無言のまま肩に腕をまわして顔をよせてくる。

距離の近さに、美咲の鼓動《こどう》がどきりとはねる。

「ね、ねえ……、ここがどこだかわかってるの？」

なんとなく口づけをされそうな予感がして、美咲は身をこわばらせる。

「電車の中」

弘人は平然と答える。

「人に見られるじゃない」

「だれも見てないよ」

「見ていないようで実は見ているものなのよ」

美咲は通路のむこうの席にいる人の目が気になって焦《あせ》りながら言う。

「すこしだけならいいだろ」

弘人は妖《あや》しげに瞳《ひとみ》をひらめかせて囁《ささや》くと、美咲のこめかみのあたりの髪に触れながら、そうせずにはいられないといったふうに美咲の唇《くちびる》を塞《ふさ》ぐ。

唇をあわせるだけの、ほんの短いものなのに、胸の奥に甘いものが響いてじんと体が痺《しび》れた。

(こんなところで……)

けれど、思いのほかやさしい口づけだったので、美咲は今度こそほっとして瞳を閉じた。

帰宅後、

「せがれの死の真相がやはり天地紅組がらみだったとは。薄々わかっていたことではあるがあらためて突きつけられるとせつないのう……」

居間でお茶を飲みながら、遠野《とおの》に出掛けてからの一部始終をハツに話して聞かせると、彼女は亡き息子に思いを馳《は》せて複雑な面《おも》もちでつぶやいた。

弘人はまだ本調子ではないために、寝ると言って早めにはなれへ引きあげていった。

「お父さんの死は殉職《じゆんしよく》のようなものよね。たしかに〈惑イ草〉を一度は根絶やしにできたんだもの。とても立派だと思う。無事に帰ってこられたこと、はやくお母さんに伝えなきゃ」

美咲は湯呑《ゆの》みのお茶を飲み干すと、晴れ晴れとした気持ちで言った。母は、きっと心配しているのにちがいない。

するとハツが、

「隆史《たかし》の死を思い出したら胸が苦しうなってきたわ。とっとと子を産んで、わしにかわいいひ孫の顔をを見せて元気づけとくれ、美咲」

そう言ってよよ、と泣き崩れる芝居までしてみせる。

「ど、どうしていつもそうやって話を飛躍させるのよ、おばあちゃんはっ」

弘人がいないからいいものの、美咲は相変わらずのハツの発言に赤面《せきめん》する。

するとハツはかっと目を見開いた。

「おまえさんから天狐《てんこ》が生まれることは、弘人殿の負傷ではっきりした。めでたくやや子を産めば、おまえさんももはや半妖怪などとなめられることはなくなるのだぞ。さあさあ、善は急げじゃ。美咲よ、今宵《こよい》こそは弘人殿と名実ともに夫婦《めおと》になって、橘屋の繁栄のためにも健《すこ》やかな天狐をもうけるのだ！」

「はあ……」

弘人は負傷しているからそれどころではないというのに。

美咲はハツの勢いに気《け》おされて返す言葉もない。

けれどたしかに、強いはずの弘人に寝込むほどの深手を負わせたのだから、自分の中にはハツが言うとおり、将来、天狐を宿すためのなにか特殊な妖力《ようりき》がそなわっているのかもしれない。目に見えるものでもないから、ぼんやりと自覚することしかできないのだが。

それから美咲は、空《から》になった湯呑みを台所の流しで洗っているうちに、ふと、ひっかかりをおぼえた。橘屋の繁栄のために天狐を。ハツはたしかにさっき、そう言った。

次いで、遠野で佳鷹に言われたことが脳裏によみがえる。弘人が自分を娶《めと》るのは、天狐の血脈《けつみゃく》が橘屋にとって必要だからなのだと。おまえは子を産むための道具で、中味などだれでもよかったのだと――。

お上が最終的に美咲のもとに婿入《むこい》りを命じたのも、天狐の血脈を橘屋の支配下におくためだとハツの口から聞かされている。

（ヒロももしかして、そのつもりであたしを選んだの……？）

彼と結ばれたことに舞いあがって、これまで問題視したこともなかったけれど。

蛇口《じゃぐち》からあふれ出る水もそのままに、美咲は胸の奥に生じたその疑問が、得体《えたい》の知れない不安を伴《ともな》ってどんどん大きくなってゆくのを感じた。

終

あとがき

こんにちは、高山《たかやま》です。

あやかし恋絵巻・橘屋本店閻魔帳、お互いの知らなかった部分に触れる第五巻です。

橘屋もおかげさまでもう五冊目です。

今回は美咲《みさき》が記憶を奪われて事件となりました。

主役のどちらかが記憶喪失に……というのは、両想いになったふたりに使われがちなネタではありますが、美咲と弘人《ひろと》にそれが起きるとどうなるのか、というところを楽しんでいただけたらなと思って書きました。

せっかくまっさらの状態になったのだから、弘人にたくさん口説かせて面白おかしく書くのもよかった（はじめはそのつもりだった）のですが、三十頁《ページ》目くらいからだんだんシリアスになってゆき、全体的にしっとりしんみりしたものになりました。

奇数巻は、敵のせいでどうも内容が深刻になってしまう……。

薬種問屋での弘人は、ちょっとひどいんじゃないかと思われる読者さんもいらっしゃるかもしれませんが、サド心のある男子の深い愛情ゆえのあやまち（未遂《みすい》ではありますが）だったとご理解いただけると嬉しいです。


今回の敵は雪妖怪。

雪女も、天狗《てんぐ》とならんで非常になじみが深く、ぜひとも書きたい妖怪でした。

雪女＝白い着物姿で、青みがかったような白い髪をした冷たい感じの美女というのは、どなたもが思い浮かべる共通のイメージなのではないでしょうか。味方のマドンナ的存在に扱われることの多い妖怪のようですが、橘屋では極道の組頭として出てきます。

もうひとりの雪妖・佳鷹《よしたか》は、非常に書きやすいキャラでした。

書き終えてから、水干《すいかん》を着た美少年という彼のビジュアル的なイメージがどこから来たのだろうと考えてみたら、「千と千尋《ちひろ》の神隠し」のハクだった（※佳鷹はあんないい子じゃありません）。

くまのさんがこれまたイメージぴったりに描き出してくださり、感謝です。

お話に出てくる遠野《とおの》というところは、行ったこともない昔から、なぜか郷愁《きょうしゅう》のようなものを感じて、ずっと自分の頭の中にその名がある不思議な土地です。

柳田國男《やなぎだくにお》の「遠野物語」にあるように、妖怪にもゆかりのある郷《さと》のようです。

今回、雪国ということで、作中では東北方面を舞台にしておりますが、東日本大震災で被災された皆様方には謹《つつし》んでお見舞い申しあげます。おだやかな日常が一日でもはやく戻りますよう、心よりお祈りいたします。


お礼に移らせていただきます。

適切なアドバイスでお話を整えてくださった担当様、いつもありがとうございます。

お忙しい中、イラストを描いてくださったくまの柚子《ゆずこ》様。いつも素敵なキャラデザインをありがとうございます。蝶の飛翔も美しくて感動しました（今回は表紙の美咲が泣いているんですよ。お気づきでない方は、ぜひご注目ください）。

その他、出版に携わったスタッフの方々、そして1巻からおつきあいくださっている読者の皆様方も、ほんとうにありがとうございます。

宣伝になりますが、ただいま『真夏のあやかしフェア』ということで、瀬川貴次《せがわたかつぐ》先生の『鬼舞』のシリーズとあわせて『橘屋』シリーズも売りだしていただいています。

フェア帯についているQRコードを使って、コバルトのHPの特設サイトにある書き下ろしのミニ小説を読むことができます。美咲が弘人と同居をはじめることになった3巻あたりの頃のある日の出来事です。よかったら読んでみてください（期間限定です。詳しくはコバルトのHPをご覧ください）。

次巻は舞台を海にうつし、ラブ微増でもうちょっと明るい事件に巻き込まれる予定。
それでは、またお会いできることを夢見て。

二〇一一年　五月

高山ちあき

※この作品はフィクションです。実在の人物・団体・事件などにはいっさい関係ありません。

祝5巻♪
念願の弘人兄を描かせてもらいました。
弘人君は曲者のお兄ちゃんに
いじられるといいと思うよ。
それにしても鵺人さんは天然なのか…。
なんなのか…。
今後の活躍に期待v

この作品のご感想をお寄せください。

高山ちあき先生へのお手紙のあて先

〒101−8050　東京都千代田区一ツ橋2−5−10
集英社コバルト編集部　気付
高山ちあき先生

たかやま・ちあき

12月25日生まれ。山羊座。B型。「橘屋本店閻魔帳〜跡を継ぐまで待って〜」で2009年度コバルトノベル大賞読者大賞を受賞。コバルト文庫に『橘屋本店閻魔帳』シリーズがある。趣味は散歩と読書と小物作り。好きな映画は『ピアノレッスン』。愛読書はM・デュラスの『愛人(ラ・マン)』。

橘屋本店閻魔帳

恋の記憶は盗まれて！

COBALT-SERIES

2011年7月10日　第1刷発行

★定価はカバーに表示してあります

著　者　高山ちあき
発行者　太田富雄
発行所　株式会社　集英社
〒101－8050
東京都千代田区一ツ橋2―5―10
電話　東京　(3230) 6268 (編集部)
(3230) 6393 (販売部)
(3230) 6080 (読者係)

印刷所　大日本印刷株式会社

ISBN978-4-08-601542-4 C0193

好評発売中 コバルト文庫
高山ちあき
イラスト／くまの柚子
のれんの色が変わるとき、
あの世とこの世の
扉が開く——。
読者大賞受賞作!!
橘屋本店閻魔帳
花ムコ候補のご来店！
和風コンビニ橘屋の跡取り娘・美咲《みさき》の家に、
本店のお坊ちゃまである弘人《ひろと》が現れて！？
橘屋本店閻魔帳
恋がもたらす店の危機！
弘人に他店との縁談があると知りショックの
美咲のもとに、幼なじみの妖狐がやってきた！
橘屋本店閻魔帳
ふたつのキスと恋敵！
同居をはじめた弘人に口説かれ続ける
美咲。だけど、他にも女の気配がして…？
橘屋本店閻魔帳
星月夜に婚礼を！
痴話ゲンカから婚約解消の危機に！？ さ
らに、天狗の頭領が美咲を連れ去って！？

ヴィクトリアン・ローズ・テーラー
恋のドレスと翡翠の森
青木祐子　イラスト／あき

クリスを舞踏会でデビューさせ、両親に婚約者として認めさせたいシャーロック。しかし、依然反対の声は強く…さらに、リンダとリコはその悪意をハクニール家にも向けて…！？

〈ヴィクトリアン・ローズ・テーラー〉シリーズ・好評既刊

恋のドレスとつぼみの淑女
恋のドレスは開幕のベルを鳴らして
恋のドレスと薔薇のデビュタント
カントリー・ハウスは恋のドレスで
恋のドレスは明日への切符
恋のドレスと硝子のドールハウス
恋のドレスと運命の輪
あなたに眠る花の香
恋のドレスと大いなる賭け
恋のドレスと秘密の鏡
恋のドレスと黄昏に見る夢
窓の向こうは夏の色
恋のドレスと約束の手紙
恋のドレスと舞踏会の青
恋のドレスと宵の明け星
聖者は薔薇にささやいて
恋のドレスと追憶の糸
恋のドレスと聖夜の迷宮
恋のドレスと聖夜の求婚
恋のドレスと月の降る城
恋のドレスと湖の恋人
恋のドレスと陽のあたる階段

好評発売中　コバルト文庫

2010年度
ノベル大賞
受賞作家
デビュー!!

小説
阿部暁子
原作
咲坂伊緒
知ってしまった。恋というものを。
恋愛未経験の仁菜子《になこ》は
ある日、学校で人気の
男子・蓮《れん》と出会い、し
だいに心惹かれて…？
ストロボ・エッジ
STROBE EDGE
シリーズ既刊4冊・好評発売中！
❶ストロボ・エッジ ❷消せない想い
❸告《い》えない想い ❹つながる想い
コバルト文